Sherlock Holmes
et le mystère
du Haut-Kœnigsbourg

Avertissement

Toute ressemblance avec des personnages, réels ou virtuels, de la littérature ou de l'histoire du début du XXe siècle en Europe, est absolument délibérée et respectueusement assumée.

Du même auteur dans la même collection

Quinze jours en rouge, roman policier, 2011
Dessine-moi un loup, roman policier, 2013

Sherlock Holmes et le mystère du Haut-Koenigsbourg a été adapté en bande dessinée par Roger Seiter et Giuseppe Manunta, chez le même éditeur, en 2013.

Retrouvez tous les volumes des *Enquêtes rhénanes* chez votre libraire habituel, ou à défaut sur **www.verger-editeur.fr**

Jacques Fortier

Sherlock Holmes et le mystère du Haut-Kœnigsbourg

roman policier

Collection

Les enquêtes rhénanes

à Adèle, Adrien, Sarah, Elsa et Béa,
mes premiers lecteurs

Chapitre I

Des pierres et des empereurs

10 juin 1190 – Au bord du Saleph, en Cilicie (actuelle Turquie)

— Quelle fournaise aujourd'hui ! On dirait que le sable est en feu.

Hans se retourne. Sa silhouette se découpe un instant sur la lumière blanche. Il laisse retomber le pan de toile qui ferme la tente. Il cligne des yeux, s'approche de la table basse et se verse une rasade d'eau dans un gobelet d'étain.

— Quel pays ! J'ai connu la chaleur, le froid, la tempête presque partout sur cette terre, depuis des années que je chevauche derrière notre empereur par monts et par vaux. Mais jamais un tel brasier ! Serait-ce le souffle du Malin qui veut nous dessécher sur place ?

Son compagnon, assis sur un tabouret, essuie soigneusement la lame d'une épée avec un grand morceau d'étoffe. Il lève la tête :

— Hans, crois-tu que Satan veuille nous empêcher d'aller libérer le tombeau de Notre Seigneur ? Il aurait fait alliance avec Saladin ? Il nous faut alors prier davantage, et se préparer à guerroyer comme jamais. Nos armes portent la bannière du Christ, aucun mahométan ne pourra les affronter...

— Bel optimisme, Peter. Regarde : tant de nos braves compagnons ont péri sur le chemin depuis que nous avons quitté la Germanie il y a deux ans. Leurs ossements blanchissent dans toute l'Europe. De ceux qui se sont croisés après la Diète de Mayence, pas un sur deux n'est arrivé ici, au bord du Saleph. Et Jérusalem est si loin, si loin encore !

À l'extérieur, une rumeur enfle : plusieurs chevaux, des armes qui cliquettent... Hans repose son gobelet, se rapproche de l'ouverture. Au même moment, la toile est écartée d'une main énergique. Un homme, de haute stature, s'encadre dans le triangle de lumière.

Hans et Peter sont saisis en même temps :

— L'Empereur !

Peter se lève avec précipitation, faisant maladroitement tomber son épée. Il balbutie :

— Votre Majesté...

Frédéric Barberousse regarde sans agressivité les deux hommes. Malgré son âge – il approche les soixante-dix ans –, le légendaire roi des Romains, empereur du Saint Empire romain germanique, duc de Souabe, comte palatin de Bourgogne, roi d'Italie et duc d'Alsace, fils de duc, neveu de roi, conserve une fort belle allure. Il est en armure, mais sans heaume. Sa légendaire barbe flamboyante s'étale sur sa cuirasse. Il referme d'un geste autoritaire la porte de toile et s'avance vers les deux hommes :

— Tout le monde n'a pas besoin de savoir de quoi je vais vous parler. Avez-vous fidèlement accompli la mission dont je vous ai chargés à Andrinople cet hiver ?

Hans et Peter se regardent, étonnés que l'Empereur parle si librement de cet épisode de février qu'il leur avait ordonné de taire jusqu'à la mort.

— Votre Majesté, ce que vous nous avez confié est arrivé à bon port. Nous avons eu de bonnes nouvelles de votre château de Stauffen. L'objet est désormais dissimulé, et seule une poignée de vos fidèles en connaît l'existence et l'emplacement. Ne craignez rien : vous le retrouverez au retour de notre sainte expédition.

Peter hésite : a-t-il bien fait d'être si direct ? Lui et Hans sont, il est vrai, très proches de Frédéric. Ils le suivent depuis près de quatre décennies et l'ont vu, alors jeune roi de trente-trois ans, couronné à Rome dans la basilique de Constantin. Ils ont été de toutes ses campagnes. Ils espèrent d'ailleurs que cette croisade, décidée trois ans plus tôt, marquera la fin de ces interminables pérégrinations.

Les deux vieux soldats avaient été un peu surpris, en février, à Andrinople, quand l'Empereur les avait fait discrètement appeler. Il venait d'obliger l'empereur de Byzance, Isaac II Ange, à signer un traité. Un traité ? Plutôt une capitulation sans combat. Pour éviter que les croisés germains marchent sur Byzance, Isaac II avait d'abord tenté de s'allier avec leurs ennemis. Puis, après plusieurs batailles perdues, il s'était effondré. Il avait rendu les ambassadeurs de Barberousse retenus en otage. Il avait offert des vivres, des armes, des cadeaux. Il aurait tout donné, pourvu que l'armée du Saint Empire contourne sa capitale et passe par l'Hellespont[1].

Tout. Et donc le plus précieux.

De ces cadeaux, il y en avait un que Frédéric Barberousse ne voulait surtout pas garder avec lui dans cette croisade. À Hans et Peter, il avait confié la mission de le faire envoyer dans l'un de ses châteaux, sur un sommet des Vosges. Les deux soldats s'étaient acquittés de la tâche.

---

[1] le détroit des Dardanelles, qui relie, entre Europe et Asie, la mer Egée et la mer de Marmara

L'Empereur, jusqu'à ce matin du 10 juin, ne leur en avait plus jamais parlé.

— Très bien, mes fidèles, opine Barberousse. Je vous fais confiance, ne vous en inquiétez pas. Mais, je ne sais pourquoi, aujourd'hui, je voulais vous entendre me le dire.

Hans et Peter restent silencieux, respectueux. L'Empereur hoche la tête. Il y a dans son regard une certaine angoisse :

— Ce doit être cette chaleur infernale qui me pèse. Et nous sommes encore à des lieues de Jérusalem... Nous lèverons le camp dans trois jours. Heureusement que nous avons de l'eau. Votre empereur va faire comme ses vieux soldats : il va se baigner.

Frédéric Barberousse sort brusquement de la tente. Hans et Peter, qui connaissent les manières plutôt rudes de leur souverain et chef de guerre, ne s'en offusquent pas. Peter ramasse son épée sur le sable et recommence à la nettoyer. Hans s'assied sur un coffre, méditatif. Les deux hommes n'échangent plus un mot pendant un bon quart d'heure. Leurs pensées sont à Stauffen, ce château des Vosges, qu'ils connaissent un peu, mais aussi sur ces rives du Rhin, dont ils sont tous deux originaires.

Une clameur les fait sursauter. Ils sortent précipitamment. Le camp est en émoi. Des hommes d'armes courent sans but apparent, en tous sens. Hans saisit l'un d'eux par le bras :

— Que se passe-t-il ?

L'homme, porteur d'une vilaine blessure au front – souvenir de la bataille d'Iconium quelques semaines plus tôt –, a le visage défait.

— Messire, la nouvelle est terrible. L'Empereur...

— Quoi, l'Empereur ? Parle, drôle !

— Il a voulu s'avancer dans le fleuve, pour se rafraîchir. Il était entouré de plusieurs chevaliers. Tout à coup, il a pâli, il a poussé un grand cri, et il est tombé dans l'eau. Il a tout de suite été relevé. Mais il n'y avait plus rien à faire. Il était mort, messire. Mort avant même que son visage ait touché la rivière. Que Dieu nous garde tous !

1462 – Au "Schloss" de Saverne, résidence des évêques de Strasbourg

— Monseigneur, ils sont d'accord. Ils vont nous aider !

Le Prince-Évêque relève lentement la tête et referme l'ouvrage précieux qu'il compulsait. Pourquoi le dérange-t-on encore ? Robert de Bavière n'aime pas être dérangé quand il lit. Ou plutôt semble lire. Car il ne l'avoue pas, mais il déchiffre à peine le latin. Son œil paresse surtout sur les enluminures, qu'il apprécie particulièrement. Dommage qu'elles ne représentent que des prophètes barbus, des travaux des champs, des soldats en armes... N'y avait-il jamais de jolies femmes dans l'Écriture Sainte ?

Devant lui, le vicaire général, un petit homme rond, sautille d'excitation :

— Monseigneur, la ville de Bâle a accepté de nous porter assistance. Elle l'a assuré à votre confrère, l'évêque Johann von Venningen. Elle fournira les canons. Six au moins. Et elle va même envoyer son Dragon...

— Son Dragon ?

— Oui, monseigneur, la plus grosse pièce d'artillerie de la vallée du Rhin. Elle pèse autant qu'un convoi de grumes. Elle fait un bruit épouvantable. Elle lance des boulets gros comme un foudre de vin du Rhin. Elle pulvériserait les murailles de Jéricho plus sûrement que les trompettes de Josué !

L'Évêque sourit :

— Ce ne sont pas les trompettes qui ont abattu les murailles de Jéricho, mais la foi des Hébreux, mon père. Mais je vous l'accorde : ce dragon-là sera bien utile au Kœnigsbourg. Notre foi n'ébranlera pas toute seule ses murs. L'artillerie sera plus que bienvenue.

Robert de Bavière ramène sur son ventre les pans de sa robe de velours rouge. Il se lève doucement puis s'approche d'un long coffre de bois foncé. Il l'entrouvre, en sort un document, le déplie précautionneusement et l'étale sur son pupitre.

— Voyons cette carte. Le Rhin, la montagne. Voilà ce vieux Stauffenberg, avec le château au sommet. On l'appelle le château du roi, maintenant. Mais il n'y a plus de roi derrière ces pierres... Seulement cette famille dévoyée des Hohenstein. Ici, Strasbourg, ici Bâle, ici Murbach, dont l'abbé se joint aussi à nous. Avec mes compatriotes palatins et les Autrichiens, notre petite armée sera présentable. Nous allons déloger ces brigands de grand chemin avec qui se sont acoquinés les Hohenstein. Quelle idée de les accueillir ainsi dans le beau château du Kœnigsbourg ! Oui, le Dragon sera notre allié !

Le vicaire général fronce les sourcils :

— Monseigneur, je crois que c'est votre dernier message qui a convaincu les Bâlois. Avant, ils étaient plus hésitants à rallier la coalition. Si ce n'est pas indiscret, quel nouvel argument avez-vous développé ?

Le visage de l'Évêque se ferme brutalement :

— C'est indiscret, en effet !

Il réfléchit, se ravise :

— Excusez-moi, mon père. Je suis un peu brutal. Mais trop de gens sont désormais au courant de ce qu'il aurait fallu taire le plus longtemps possible. J'ai dû, c'est vrai, violer un lourd secret pour convaincre la ville de Bâle. Un secret d'Église. Que je n'aurais, sinon, pas même livré en confession...

Le vicaire général écarquille les yeux.

— Un secret d'Église. Mais...

— Je sais. Vous pensez que je mérite l'excommunication. Mais vous connaissez votre droit canonique : parfois, on peut livrer une parcelle d'un grand secret pour protéger un secret plus grand encore. Sachez simplement qu'il y a au château bien davantage qu'un château. Quelque chose que les mécréants qu'hébergent les Hohenstein ne méritent même pas d'approcher ! Alors, vous pensez, si cela tombait entre leurs mains ! C'est cela que j'ai expliqué aux autorités de Bâle, avec l'appui de l'Évêque. S'ils envoient le Dragon, c'est qu'ils ont pris la chose au sérieux...

Le petit prêtre rond grimace. Robert de Bavière sourit :

— Vos lèvres brûlent de questions informulées, mon père. Mais les miennes resteront scellées, vous le comprenez sans peine. Sachez seulement que ce qui est caché au château du Kœnigsbourg doit y rester dans l'ombre jusqu'au jour où de plus grands décideront de le mettre en pleine lumière. Notre mission est de veiller que cela ne tombe pas, entretemps, au pouvoir de n'importe qui.

Le vicaire général, un peu vexé, pose son doigt sur la carte :

— Monseigneur, la bataille que nous préparons ne fera-t-elle pas courir de risques à ce mystère caché ?

— Ne craignez rien ! La cachette est sûre. Le fer et le feu passeront sans l'effleurer. Des hommes tueront, des hommes mourront sans se douter de ce qu'ils côtoient... Maintenant, mon père, veuillez me laisser : je dois préparer une homélie.

Le vicaire s'incline profondément, sort à reculons et referme la porte de chêne. Robert de Bavière attend que le pas de son collaborateur se soit éloigné dans le couloir, rouvre le coffre, puis en sort précautionneusement un bel ouvrage relié de cuir fauve.

— Voyons, voyons... Ce psautier qui m'a été envoyé de Mayence est tout à fait splendide. Quelle belle invention, l'imprimerie ! Mais il y a trop de texte. Pas assez d'images. On dirait que les imprimeurs n'ont pas compris qu'il valait mieux montrer la créature qu'en parler sans fin. Après tout, l'homme – et surtout la femme – n'ont-ils pas été créés à la ressemblance de Dieu ?

1479 – Quelque part dans un monastère en Autriche.

— Une fortune ! Cela va me coûter une fortune ! Comme si j'avais encore besoin de cela !

L'empereur Frédéric III de Habsbourg froisse avec colère la lettre qu'il tient en main. Grand mais voûté, le trait tiré, l'œil terne, il a un peu plus de soixante ans, mais en paraît dix de plus. Il déambule à grandes enjambées dans ce cloître bénédictin, sans s'inquiéter de bousculer la règle du silence. Il toise le père abbé, muet, qui vient de lui remettre ce document au sceau de cire brune :

— Ils ont tous les culots, ces Tierstein. Ils savent qu'ils me tiennent. Hier, je leur offre ce château. Aujourd'hui ils veulent de l'argent, pour le reconstruire ! Et quelle somme ! Regardez, regardez !

L'empereur brandit la lettre sous les yeux du moine. Celui-ci devine un dessin : des tours, des remparts. Il balbutie :

— Ce sont des plans ?

— Oui, mon père ! Et des plans pharaoniques ! Des bastions de guerre, une triple enceinte, des murailles épaisses comme ventraille de Bavarois ! De quoi résister à toute l'artillerie de Louis XI, s'il le fallait, ou de Matthias Corvin de Hongrie, que sais-je ?

L'abbé dévisage l'Empereur avec un très discret sourire.

— Majesté, si vous me permettez une remarque : pourquoi Oswald de Tierstein veut-il faire de ce château d'Alsace une telle place-forte ? Qu'y a-t-il donc de si important à protéger là ?

Frédéric III interrompt ses va-et-vient, scrute le visage de l'abbé.

— Bonne question, l'abbé ! Regardez cette rive du Rhin : le château la surplombe. Qui le tient, tient la vallée. Et c'est là que passent les richesses, les marchandises, les soldats et même les moines de l'Empire, mon père. Si je l'ai confié aux Tierstein, c'est que je préfère les savoir, eux, sur cette place-forte. Ils sont dépensiers, mais loyaux. Dans cet empire qui se disloque par tous les bouts, le Haut-Kœnigsbourg sera au moins un promontoire solide !

L'abbé ouvre la bouche, puis se ravise. Le visage de Frédéric se ferme.

— Voilà toute la raison de mon attachement à ce château. Mais celle-ci suffit pour qu'Oswald de Tierstein se croie autorisé à me demander des fortunes pour empiler des pierres. Où veut-il que je trouve cet argent ? Il sait que les caisses sont vides, que l'Empereur est lui-même un nomade, moins puissant que la plupart des princes qui devraient lui faire allégeance...

Frédéric III caresse l'une des colonnettes du cloître puis lève les yeux vers le chapiteau sculpté :

— Je vais lui en promettre beaucoup et lui en donner un peu. Quand il aura commencé les travaux, il faudra bien qu'il le cherche ailleurs. Les villes sont riches, dans cette terre rhénane, et elles ont tout intérêt à être les alliées d'un château-fort conçu pour résister à l'artillerie. Il trouvera de généreux donateurs, j'en suis sûr.

L'Empereur tend la lettre à l'abbé :

— Tenez, mon père. Préparez-moi une réponse en bon latin. Promettez, flattez, rassurez. Les Tierstein les auront, leurs bastions, leurs remparts, leurs courtines. Le Haut-Kœnigsbourg sera le plus vaste coffre-fort du Saint Empire romain germanique. Et l'histoire se souviendra que ce fut grâce à Frédéric III de Habsbourg !

L'abbé prend le document, s'incline rapidement, puis s'éloigne en trottinant par une allée du cloître. Il murmure à voix basse, comme s'il psalmodiait :

— Un coffre-fort de pierre, oui, mais pour quel trésor ? Décidément, mon impérial hôte est aussi un vilain petit cachottier...

Octobre 1633 – Village d'Orschwiller

« Au feu ! Au feu ! »

Le cri retentit dans la nuit froide de cet automne 1633, réveillant brutalement le petit village d'Orschwiller.

« Au feu ! C'est le château qui brûle ! Le château ! »

Les volets s'entrouvrent. Les portes claquent. Des têtes chiffonnées apparaissent. Les villageois, surpris dans leur sommeil, lèvent le regard vers la montagne. Le spectacle est hallucinant. « Dieu nous garde ! », murmure une vieille femme. Une lueur rougeâtre éclaire l'horizon. Le Stauffenberg est embrasé. Sur les flammes qui dansent se détache la silhouette des murs du Haut-Kœnigsbourg. Dans le ciel, au-dessus des remparts, s'envole une poussière d'or.

« Le château brûle. Ils ont osé ! Les maléfiques ! Après le village, le château ! »

Un robuste paysan lève les bras au ciel. Son voisin, devant sa grange, se frotte les yeux :

« Après avoir brûlé nos maisons et nos granges cet été, ces satanés Suédois n'ont pas hésité à incendier le Haut-Kœnigsbourg. Et que faire ? Le temps de monter sous les murailles, le feu aura accompli sa tâche. Et que pourront nos pauvres bras face à cet enfer ? »

Au sommet, le feu redouble d'intensité. Maintenant que les cris se sont tus dans la ruelle, les villageois entendent le bruit de l'incendie au loin : un grondement profond, un crépitement continu, des craquements violents. Tout à coup, une clameur monte : là-haut, une tour chancelle. Son sommet s'incline au-dessus du brasier, reste suspendu, comme hésitant, puis s'effondre dans un grand vacarme.

« *De profundis clamavi ad te, Domine...* »

Le curé est là, le visage sombre, l'œil fixé sur la montagne, psautier en main, qui commence la prière. Les villageois, étonnés au début, se resserrent autour du prêtre et reprennent avec lui les versets appris par cœur.

« *Domine, exaudi vocem meam...* »

Sur ces visages angoissés se reflète la lueur de l'incendie. Ceux qui avaient apporté des seaux, des fourches ou des pelles, les laissent tomber à terre. Répétant les phrases du psaume, ils regardent autour d'eux le village distinctement éclairé par le brasier, les toits éventrés sur lesquels ont été étendus des branchages et des toiles, les murs noircis, les abris de fortune, les décombres : l'empreinte du terrible incendie de juillet.

« *Fiat aures tuae intendentes...* »

Les mercenaires suédois ravageant la plaine d'Alsace avaient porté le siège contre le Haut-Kœnigsbourg en juin. Deux escadrons de cavalerie, deux compagnies de dragons et deux cents mousquetaires avaient gravi la montagne. Les troupes du château – une poignée d'hommes commandés par Philippe de Lichtenau – avaient fait donner l'artillerie : les Suédois s'étaient dispersés sous la pluie de fer et de feu. Le village, qui avait assisté en spectateur à ce combat de titans, avait cru respirer.

« *In vocem deprecationis meae...* »

Quatre semaines plus tard, les Suédois étaient revenus. Leur nouveau chef, George Sébastien Fischer, avait, lui, apporté des canons. Les villageois s'étaient réfugiés au château, en catastrophe. Les attaquants avaient disposé leur artillerie sur la crête, au sud-ouest du Haut-Kœnigsbourg, inaccessible aux canons de Philippe de Lichtenau. Pendant dix jours de juillet, un feu nourri s'était abattu sur la forteresse. Il avait éventré les bâtiments et tué de nombreux occupants.

« *Si iniquitates observaveris Domine, Domine qui sustinebit...* »

Après le bombardement, Fischer avait envoyé un ultimatum : il exigeait que la garnison quitte le château dans les six heures. Sinon, il allait prendre la place-forte, chasser femmes et enfants, et pendre haut et court aux murailles tout homme en âge de se battre. Lichtenau, espérant un renfort de la Régence d'Ensisheim, demanda six semaines de trêve. Il ne fit qu'accroître la colère des Suédois, qui incendièrent le village, où était restée une partie des habitants, et reprirent les tirs d'artillerie.

« *Quia apud te propitiatio est propter legem tuam sustinui te, Domine...* »

Au château, l'espoir de renforts tourna court. Le seul messager qui avait réussi à franchir les lignes, en août, ne trouvait plus la Régence, repliée à Brisach. Désespérée, à court de poudre et de vivres, la petite garnison capitulait le 7 septembre, après cinquante-deux jours de siège. Les villageois rescapés de la bataille et des brutales représailles des Suédois avaient retrouvé leurs maisons détruites, leurs champs abandonnés et leurs vignes saccagées.

« *Sustinuit anima mea in verbum eius...* »

Courageusement, ils avaient tenté de se réorganiser. Les mercenaires, eux, étaient occupés à piller les logis du Haut-Kœnigsbourg. Là-haut, c'étaient beuveries et ripailles. De temps en temps, un groupe de soudards venait brutalement s'emparer d'un femme ou d'une jeune fille, qui redescendait du château quelques jours plus tard, en sang et en larmes. Les soldats avaient réquisitionné les charrettes pour charger meubles, armes et tentures, et jusqu'aux boiseries sculptées des chambres. Des convois réguliers emportaient le butin à Benfeld ou Sélestat.

« *Speravit anima mea in Domino, a custodia matitutina usque ad noctem speret Israhel in Domino...* »

Depuis deux jours, le château était devenu plus calme. Quelques soldats étaient encore là, qui avaient contraint des villageois à leur monter de la nourriture. Hier soir, avait raconté l'un d'eux, les Suédois avaient mis en perce un tonneau de vin du Rhin retrouvé dans les décombres du siège.

Ils s'étaient sûrement saoulés. Mais pourquoi mettre le feu à l'immense bâtiment, une des rares forteresses encore debout en ces temps troublés de la guerre de Trente Ans ?

— *Quia apud Dominum misericordia et copiosa apud eum redemptio...*

— Regardez !

Le cri a cassé le rythme de la prière. L'homme tend le bras vers le haut du village: dans le clair-obscur de cette nuit d'incendie, les villageois devinent un groupe de cavaliers, avec deux charrettes, qui passent rapidement, sans même jeter un regard aux habitants apeurés. Les cavaliers n'ont pas les casques et les cuirasses des mercenaires du roi de Suède. Ils ont de curieuses capelines, comme les religieux de l'abbaye, et de la dentelle blanche dépasse de leur manteau.

Leur convoi, à l'évidence, descend du château. Il bifurque brutalement vers la plaine. Un cheval se cabre. Son cavalier le maîtrise. Dans le mouvement, son vêtement s'écarte, laisse apparaître un blason blanc barré de rouge. Il toise le petit groupe, secoue la tête, pique des éperons, et rejoint le convoi qui disparaît dans la nuit.

— Mais, monsieur le curé, ce sont des prêtres !

Les villageois sont stupéfaits. L'officiant, le visage décomposé, laisse glisser son livre au sol. Une jeune femme balbutie :

— Des prêtres, des moines, je ne sais. Mais, ce sont eux ! Ce sont eux qui ont bouté le feu ! Vous avez vu leurs mains noires comme du charbon ! Et ce regard qu'il nous a lancé, le grand avec les dentelles ! Comme s'il voulait aussi nous jeter dans l'Enfer !

Le prêtre lève les yeux vers les étoiles, puis regarde le cercle haletant de ses paroissiens :

— Je ne comprends pas, je ne comprends rien. Seigneur, prends pitié, éclaire-moi. Pourquoi Tes serviteurs ont-ils incendié le château ? Et d'où viennent-ils, eux que je n'ai jamais vus ? À qui obéissent-ils ? Pourquoi les Suédois n'ont-ils pas bougé, pas résisté ? Ce blason, est-ce possible ? J'ai bien vu le chapeau plat et les trois chevrons de gueules : pourquoi son Éminence le cardinal de Richelieu voudrait-elle détruire l'ancien château des Habsbourg ?

Le clerc se baisse pour ramasser son psautier, l'époussette du revers de la manche et le feuillette :

— Prions, prions, mes frères. Prions pour que Dieu prenne notre petite communauté en pitié. Et ne cherchons pas à comprendre ce qui nous échappe. Ce sont des pièges du Malin pour éprouver notre foi. *Et ipse redimet Israhel ex omnibus iniquitatibus eius. Amen.*

10 juillet 1871 – Sur les flancs du Stauffenberg, en contrebas du Haut-Kœnigsbourg

L'air est encore frais, en cette heure matinale. Un soleil timide filtre à travers les sapins. Des oiseaux chantent dans les frondaisons. Dans la plaine, au loin, des chiens aboient. Une écharpe de brume est encore posée sur Sélestat.

Une branche craque. Les oiseaux se taisent. Deux hommes arrivent sur le sentier. Le premier est petit et maigre, vêtu d'un manteau de drap, chaussé de bottes brillantes. Il a des petites lunettes rondes, un sac de toile en bandoulière et un carton à dessin sous le bras. Le second, plus rond, plus raide, avec une forte moustache, est habillé d'un uniforme verdâtre. Les deux randonneurs enjambent les racines qui obstruent le chemin. Des cailloux roulent sous leurs pas.

Après les derniers mètres de sentier, ils s'arrêtent, soufflent un peu. Le plus petit rajuste ses lunettes. Devant eux se dressent les hautes murailles du Haut-Kœnigsbourg. Les murs sont ébréchés, les tours éventrées, une végétation exubérante se mêle à la pierre grise. Ici et là, des arbres envahissent les terrasses. Mais la ruine reste majestueuse, avec sa double enceinte, son haut corps de logis et la base de son donjon élargie par les éboulis.

— Voyons, voyons, qu'en dit notre guide ?

Le premier promeneur passe la courroie de son sac au-dessus de sa tête, le pose sur une souche, le fouille. Il en sort un petit livre in-quarto, relié de cuir : *Vues pittoresques des châteaux, monuments et sites remarquables de l'Alsace dessinés d'après nature et lithographiés*. Il le compulse.

— Eh oui. C'est tout à fait ça. Mais le château a bien changé depuis ces dessins, qui datent de... (il feuillette l'ouvrage) trente-deux ans maintenant. Il n'y pas que le temps qui a fait son œuvre : visiblement, on est venu voler des pierres... J'imagine que plus d'une ferme dans la plaine s'est servie de ces blocs de grès en guise d'angles de mur ou de linteaux !

Son compagnon, qui levait la tête vers le sommet de la ruine, se tourne vers lui :

— Vous avez sûrement raison. Et cela risque de continuer si nous n'y mettons le holà ! Les voleurs de pierres et les promeneurs romantiques : voilà les deux cohortes d'ennemis qui menacent le château. Les premiers vont le démonter pièce par pièce, les seconds le fouiller par malsaine curiosité...

— Double danger, donc. Il est temps de trouver une solution. Notre empereur Guillaume Ier ne veut pas courir le risque qu'un matin vienne au jour ce qui doit rester caché.

Il est chez lui ici, depuis que les maudits Français ont signé leur pitoyable défaite à Francfort en mai. Cette Alsace est à lui, à nous, et à tous les États allemands, *Reichsland*, terre d'Empire. Et cette ruine – avec ce qu'elle dissimule – en est le joyau.

— Vous voilà aussi parmi les romantiques, mon cher. Soyons pratiques. Nous avons une tâche à accomplir. Et discrètement, surtout.

Le raide moustachu jette un regard circulaire sur les ruines et la forêt. Mais à cette heure matinale, pas âme qui vive. Il entrouvre sa veste. Il en extirpe un grand document jauni, plié, l'étale sur une pierre. Il est pensif :

— Les indications sont maigres, il faudra sans doute du temps. Soit nous découvrons un indice sérieux dans les jours qui viennent, soit il nous faudra employer les grands moyens...

Son compagnon se penche sur le papier.

— Cela tient de l'énigme plus que du mode d'emploi. Je propose de commencer par un tour du propriétaire. Peut-être découvrirons-nous quelque chose.

— Beaucoup de promeneurs et de curieux sont passés ici, et même des hommes de l'art, des historiens, des architectes, comme ce Français de Viollet-le-Duc. Ils n'ont rien vu. Mais...

L'homme se tait un instant. Puis reprend plus doucement :

— Vous me faites réfléchir avec votre « tour du propriétaire ». Nous sommes maîtres, mais pas propriétaires. Qui est donc le propriétaire de ces ruines ?

— La ville de Sélestat, cher ami, depuis cinq ou six ans. Les Français avaient classé le château parmi leurs monuments historiques. Ils ont imaginé de le restaurer. Ils ont fait des projets, des plans, des dessins. Mais vous les connaissez :

de belles paroles, de beaux papiers, et quand il s'agit d'ouvrir son portefeuille, il n'y a plus personne. Alors, ils ont juste consolidé ce qui risquait de s'effondrer, et Sélestat a acheté la ruine pour une bouchée de pain.

— C'est atterrant : vous imaginez un jour les cantonniers de Sélestat venir prélever quelques pierres et… Non ! Il faut éviter ça. Que nous trouvions ou pas quelque chose, il faut que ce château revienne au *Kaiser*. À lui personnellement ! Cela nous donnera le temps, les moyens, et la certitude que le legs ira bien à l'héritier ; n'est-ce pas ?

Son interlocuteur hoche la tête :

— Vous êtes dans le vrai. Mais il va falloir jouer finement. J'ai ma petite idée là-dessus. Je vous en parlerai ce soir. Maintenant, au travail. Que nous disent ces pierres que d'autres n'ont pas entendu ?…

— Espérons surtout qu'elles ne nous tombent pas sur la tête. Faites attention, mon cher. Je ne suis pas sûr que tout cela tienne bien d'aplomb !

La brume s'est levée et, en contrebas, les deux hommes découvrent le tapis tressé des vignobles qui enveloppent les coteaux. Avec un curieux sourire, ils enjambent l'un après l'autre un premier muret, et s'introduisent avec précaution dans les ruines du Haut-Kœnigsbourg.

2 mai 1899 – Sélestat

— Bravo Dieckmann. Quel talent de diplomate ! Vous avez su trouver les mots qu'il fallait. Ils n'y ont vu que du feu…

L'hôtel de ville de Sélestat est silencieux, à cette heure tardive. Dans la vaste salle du Conseil, une femme de ménage débarrasse les tables et réaligne les fauteuils. Dans un coin de la salle, à la lumière d'une petite lampe de cuivre, deux hommes discutent à voix basse, jetant un œil de temps en temps sur la femme qui s'agite sans bruit. Celui qui vient de parler arbore une élégante moustache aux pointes recourbées. Son vis-à-vis, à la fine barbiche grisonnante – le sous-préfet Albert Dieckmann – sourit.

— C'était chose assez facile, ma foi. Ces élus alsaciens ont le sentiment de faire une bonne affaire. Offrir le château à notre empereur, c'est à la fois marquer leur allégeance à Guillaume II, se débarrasser d'une ruine d'entretien coûteux, et attirer régulièrement le *Kaiser* ici. Ce qui ne sera pas sans retombées pour les routes, pour l'hôtellerie et pour le prestige de ce petit bout du *Reichsland*.

Son interlocuteur hausse le sourcil.

— Vous êtes trop modeste. Sans votre entregent, la chose ne se serait pas décidée. Cela fait un bon moment que vous y travaillez.

— Quelques mois, c'est vrai. Mais vous êtes bien placé pour connaître les instructions que j'avais : il fallait que ces Alsaciens soient convaincus d'avoir offert le château au *Kaiser* – et son précieux contenu – *de leur propre chef*. Cela passait par quelques subtilités...

L'homme moustachu lève la main vers le portrait de Guillaume II accroché au-dessus de la tribune.

— L'Empereur ne peut que se féliciter d'avoir des fonctionnaires aussi zélés que vous.

— Vous êtes trop bon, cher ami. Le zélé fonctionnaire aurait pu échouer. J'ai eu peur, à deux reprises. D'abord quand cet imbécile de Hohenlohe-Langenburg, notre gouverneur d'Alsace-Lorraine, a écarté l'idée d'un revers de la main :

« L'Empereur possède déjà trop de vieilles pierres », a-t-il péroré. Et quand enfin j'ai trouvé moyen de contourner le prince-gouverneur, il a fallu que le maire dresse un nouvel obstacle sur ma route. Vous vous souvenez de cette idée de loterie ? Vendre des billets dans toute l'Allemagne pour financer une reconstruction du Haut-Kœnigsbourg, comme le pape Jules II vendait ses indulgences pour bâtir Saint-Pierre de Rome ! Et l'Empereur aurait offert son patronage à cette opération...

— Vous n'avez pas toujours dit que c'était une *Schnàpsidee*[1] ! Au début, vous avez feint d'y croire...

— Il le fallait bien. Le maire, sinon, se serait senti humilié. Humilié par un sous-préfet, les maires n'aiment pas. Non : j'ai dit que c'était une belle idée, qu'il fallait en étudier la faisabilité. Cela ne mangeait pas de pain. Et puis, je l'ai laissé faire ses calculs : les lettres à envoyer, les démarches à accomplir, les notables à convaincre, le risque de ramasser peu, et de devoir rembourser... La tâche était trop lourde, il commençait à être effrayé.

— C'est là que vous avez sorti votre atout de votre manche !

— Eh oui : « Messieurs, j'ai une idée ! Savez-vous quoi ? Offrons le château à l'Empereur ! » Ils sont restés éberlués. Quelques-uns ont émis des réserves. Le geste aurait été trop « pro-allemand », il risquait d'être mal compris. J'ai noté mentalement les noms de ces francophiles, cela servira toujours. Et j'ai enfoncé le clou, méthodiquement : les chantiers à venir, les routes, les voies ferrées, l'entretien du château, le renom de Sélestat dans tout l'Empire. Vous le savez, les élus sont toujours sensibles à la notoriété de leur

[1] littéralement, une « idée de schnaps » (alcool blanc de fruits), donc une idée d'après-boire

petite patrie... Le maire a été mon meilleur allié : « C'est vrai, a-t-il dit, que le château a appartenu, à l'origine, au *Landgrave* d'Alsace, et le *Landgrave* d'Alsace, aujourd'hui, c'est le *Kaiser* », a dit ce brave Constant Schloesser. Superbe : je n'y avais pas pensé moi-même. Il a emporté la décision.

Albert Dieckmann lisse de la main sa petite barbiche :

— Vous avez vu : il n'a pas manqué une voix ce soir pour ce vote solennel. Les opposants ont tourné casaque.

Le sous-préfet éteint la lampe de cuivre et se lève.

— Allons, il se fait tard et la journée a été profitable. Il nous faut nous reposer. Demain, je serai à Strasbourg ; vous venez avec moi, n'est-ce pas ? Je verrai le *Kaiser*, je lui rapporterai la bonne idée de la ville de Sélestat. Et après-demain, quand Guillaume II sera au château, le maire lui offrira officiellement la ruine, une partie des forêts alentour, et lui lira le petit discours que j'aurai rédigé. Quelque chose sur « les Alsaciens fidèles et bien-pensants », sur leur « loyale soumission », vous verrez. Peut-être aussi un passage sur le Moyen Âge, sur les chevaliers de Barberousse. Et j'y remettrai ce bel argument sur le *Landgrave*...

Les deux hommes, saluant d'un hochement de tête la femme de ménage, sortent de la salle et de l'hôtel de ville. Au moment de se séparer, le moustachu, serrant la main de Dieckmann, cligne de l'œil.

— Je connais votre plume : je vous fais confiance. Mais, même si cela vous démangeait, ne glissez rien d'équivoque dans ce discours. Pas une allusion, pas un sous-entendu à la vraie raison de cette donation, Albert ! Même par coquetterie d'auteur. L'empereur ne vous le pardonnerait pas : il estime qu'il y a déjà trop de gens au courant, vous le savez !

— Je ne l'ignore pas, très cher. Nous ne serons que trois à savoir : le *Kaiser,* vous et moi. Et encore : je ne suis pas sûr qu'il nous ait tout dit...

— D'ailleurs, dans cette délicate affaire du Haut-Kœnigsbourg, je sens que je vais devoir passer la main : d'autres missions m'attendent. Désormais, la tâche va revenir aux archéologues, aux historiens, que sais-je ? On m'a parlé d'une jeune spécialiste venue de Berlin, que le chancelier aurait déjà désignée. Ma mission est presque terminée, et je vais retourner au silence, oubliant le peu que je sais. Dans les temps troublés que nous vivons, celui qui ne sait rien est moins en danger que celui qui en sait peu...

Albert Dieckmann lève sentencieusement la main.

— Vous êtes un sage, cher von Bork, et vous irez loin. Bonne nuit. À demain. La voiture partira à neuf heures. Hohenlohe-Langeburg sera à Strasbourg, bien sûr. Vous verrez sa tête quand j'annoncerai à l'Empereur le vote de ce soir. Il se sentira désavoué. Mais le sel de l'histoire, c'est qu'il n'aura rien compris de ce qui s'est réellement passé sous ses yeux. Ce n'est pas seulement d'un tas de ruines qu'on le dépossède. Cela, le comprendra-t-il jamais ? Nos lèvres sont désormais cousues...

Le sous-préfet pose l'index sur sa bouche, sourit, incline la tête, tourne les talons, et s'éloigne dans l'obscurité.

Chapitre II

Les fauteuils du Diogenes Club

Avril 1909 – Londres

De toutes les curieuses affaires que j'ai eu l'honneur de partager avec mon ami Sherlock Holmes, celle que je peux désormais livrer au public fut certainement la plus troublante. Elle fut surtout celle qui influença le plus sûrement le cours de l'histoire européenne, même s'il est délicat de prédire ce qui serait advenu si nous avions échoué dans notre mission. J'en garde aussi le souvenir de notre voyage le plus mouvementé sur le continent – à l'exception bien sûr de celui qui nous mena en Suisse en 1891 et où je crus perdre mon ami.[1]

Or, dans cette surprenante aventure d'Alsace, vécue dix-sept ans plus tard par deux hommes déjà marqués par l'âge, le danger ne fut pas moins présent. Et mon ami, pour le combattre, se montra autant homme d'action que de déduction. J'espère avoir été, en ce moment-là comme en d'autres, son modeste auxiliaire.

Mais mes pensées ne doivent pas trop m'écarter de mes notes, que je viens de ressortir de la vieille malle qui me suit depuis Baker Street. Le temps est passé, la plupart des protagonistes de ces événements ne sont plus aux affaires.

---

[1] Sherlock Holmes et le Docteur Watson passent à Strasbourg dans *Le dernier problème* (FINA).

Quelques-uns ne sont même plus de ce monde. Entre-temps, l'Europe a tourné une des pages les plus graves de son histoire. Elle peut, convalescente encore, se tourner vers un avenir que nous voulons tous croire meilleur. Pour ma part, je puis désormais, taisant quelques éléments aujourd'hui encore frappés du sceau du secret, faire le récit détaillé de cette affaire.

Je me souviens très bien de ce printemps 1909, qui fut particulièrement doux à Londres. Je partageais alors mon temps entre mon cabinet médical de Queen Ann Street et mon domicile, qu'enchantait la présence discrète et aimable de madame Watson. Malgré nos liens fidèles, je voyais peu Holmes. Il s'était retiré, on le sait, dans le Sussex, et s'y adonnait à ses études d'apiculture. Souvent, quand mes patients m'en laissaient le loisir, je me plaisais à l'imaginer devant ses ruches, observant les abeilles de son regard perçant, comme autrefois il scrutait la foule londonienne. Je me demande si son esprit, parfois, le ramenait dans notre vieil appartement de Baker Street, si riche de souvenirs communs.

Notre dernière rencontre datait alors, si je m'en souviens bien, de l'automne précédent. J'avais pris deux jours pour aller rendre visite à Holmes. C'est pendant ce séjour, d'après mes notes, qu'il m'avait raconté pour la première fois comment il avait démasqué sur la plage un bien étrange criminel. On sait qu'il a lui-même publié, depuis, le récit de cette enquête sous le titre *La crinière du lion*[1].

S'il avait pris la plume à cette occasion, en sollicitant amicalement ma relecture, Holmes n'a jamais été vraiment un homme d'écriture. J'ai conservé peu de lettres de lui. Mais j'ai

[1] *La crinière du lion* (LION) évoque des événements de 1907.

toujours ce petit billet à l'encre bleue qui m'est arrivé à Queen Ann Street ce jour-là. Il suscitait en moi bien des questions. Que le lecteur en juge lui-même :

Cher ami.

Puis-je vous prier de vous libérer jeudi prochain – et peut-être quelques jours de plus ensuite ? – Je serai en effet à Londres. Mon frère Mycroft veut me voir pour une affaire de haute diplomatie européenne, sur laquelle il me demande un secret absolu. Ce qu'il m'en écrit me laisse penser que nous ne serons pas trop de deux pour nous y frotter. Mycroft nous attend au Diogenes Club à trois heures de l'après-midi. Auriez-vous la gentillesse de passer me chercher à la gare à deux heures ? Je vous dirai alors ce que je ne puis écrire.

Sherlock Holmes

Je ne le cache pas : ma curiosité était attisée par ces quelques lignes. Par jeu, j'essayai d'en savoir davantage avec les maigres éléments en ma possession. J'examinai soigneusement le billet de Holmes. Le papier, légèrement bistre, semblait arraché à un bloc, ce que suggéraient les signes de déchirure sur son côté supérieur. Il n'avait pas de filigrane. L'écriture était irrégulière, comme si mon ami avait griffonné debout, sur un coin de meuble, et l'encre avait légèrement bavé sur le papier peu lisse. L'enveloppe, d'un blanc très classique, ne comportait pas d'autres indications que mon nom et l'adresse de mon cabinet.

Un détail m'intrigua : au coin de l'enveloppe se devinait une sorte de tache très claire, qui formait les trois quarts d'un disque irrégulier. Un doigt posé ? Je n'y voyais aucune empreinte digitale... Une goutte de liquide ? Mon ami prenait-il le thé en écrivant ?

La pendule qui sonnait midi me tira de ma rêverie. Je me moquai gentiment de moi-même : en tentant d'appliquer les méthodes de Holmes à sa propre lettre, je n'avais finalement pas appris grand-chose... Incontestablement, il me faudrait attendre jeudi pour en savoir plus.

La gare de Victoria Station était fort animée en ce début d'après-midi. Je payai le cocher du cab[1] et entrai dans le hall. J'avais pu sans trop de peine me libérer : j'utilisais parfois les services d'un jeune remplaçant que ses manières polies, presque obséquieuses, à défaut d'une réelle expérience médicale, rendaient agréable à ma clientèle. Il avait accepté sans difficulté de me suppléer ce jeudi. Je lui avais laissé miroiter un remplacement plus long sous peu, sans pouvoir en dire plus.

Le train du Sussex entrait en gare. Je me postai en bout de quai. Quelques minutes plus tard, dans la foule pressée des voyageurs, je reconnus la haute silhouette de mon ami. Il me découvrit presque au même moment, leva haut sa canne. Je crus voir sur son visage l'éclat d'un sourire.

En quelques enjambées, il m'avait rejoint. À une virile poignée de main, il ajouta un geste du bras gauche, m'étreignant l'épaule quelques instants :

— Cher Watson. Merci d'être venu. Cela fait quelque temps que nous ne nous sommes pas vus, n'est-ce pas ? Mais je m'en serais voulu de venir à Londres sans vous faire ce signe, et surtout de reprendre du service sans vous...

[1] Un *cab* était une voiture à cheval de louage à deux roues. Le fiacre en avait quatre.

— Holmes, vous êtes trop bon. Je dois avouer que vous avez piqué ma curiosité.

— La mienne l'est aussi, Watson. Ce que je sais de plus que vous ne la satisfait pas. Mais ne vous inquiétez pas, je vais vous en dire davantage dès que nous aurons trouvé un lieu où nous asseoir.

Le buffet de la gare était à quelques pas. Holmes, qui n'avait qu'un léger sac de voyage à la main, s'y dirigea, et je lui emboîtai le pas. Il m'entraîna dans une petite salle, à l'écart des autres consommateurs.

— Il nous faut une certaine discrétion, Watson, vous le comprenez.

En attendant le garçon, il me parla rapidement de sa ferme, de ses abeilles, de ses lectures, prit poliment des nouvelles de madame Watson. Nous commandâmes deux bières. Quand nous eûmes bu la première gorgée, Holmes allongea ses jambes sous la table, fit craquer les jointures de ses doigts et m'interrogea :

— Watson, avez-vous entendu parler du Haut-Kœnigsbourg ?

— À y réfléchir, je ne crois pas. C'est une abbaye ?

— Un château, en Allemagne. Ou plus exactement en Alsace. La région fut hier française, elle est aujourd'hui allemande, vous le savez, depuis que la France, après sa triste défaite de 1870, a été contrainte de livrer Alsace et Lorraine à l'empire allemand. Le Haut-Kœnigsbourg est l'un de ces nombreux châteaux construits au Moyen Âge sur le versant alsacien des Vosges. Souvenez-vous : nous l'avons aperçu depuis le chemin de fer, entre Strasbourg et Bâle, quand nous y sommes passés ensemble il y a presque vingt ans...

Il est au-dessus de Sélestat, que les Allemands appellent *Schlettstadt*, sur une montagne triangulaire, bien repérable.

À vrai dire, cela n'évoquait en moi aucun souvenir. Holmes fit celui qui ne s'en apercevait pas. Il poursuivit :

— Le Haut-Kœnigsbourg était une ruine alors, quand nous tentions de semer le professeur Moriarty et ses sbires. Aujourd'hui, le château est entièrement reconstruit.

— Reconstruit ?

— En effet. Et par l'empereur allemand. Guillaume II en est le légitime propriétaire, depuis que la ville de Sélestat le lui a offert. Et il a fait reconstituer l'ancien château. L'inauguration a eu lieu l'année dernière...

Du dos de la main, je débarrassai ma moustache de la mousse de bière qui s'y était accrochée. Devant mon air interrogateur, mon ami poursuivit :

— Ce Haut-Kœnigsbourg – le château du roi, en vieil allemand – est l'objet de notre prochaine enquête, Watson. Car ce qui s'est passé au château intrigue, et même inquiète, plusieurs chancelleries européennes. Mon frère, dont vous savez les liens discrets avec le *Foreign Office*[1], est chargé de me demander officieusement de l'aide.

— Mais Holmes, je comprends mal. Si l'empereur Guillaume II s'est offert un château-fort comme jouet, en quoi cela peut-il troubler notre gouvernement et nos alliés ? Cela devrait au contraire les rassurer : c'est bien un signe de la puérilité du souverain d'Allemagne.

— À cela, je ne dis pas non, Watson. Mais l'inquiétude ne vient pas de là. Nos autorités sont convaincues que la restauration du Haut-Kœnigsbourg n'est qu'une couverture :

---

[1] le ministère des affaires étrangères du Royaume-Uni

ce chantier dissimulerait de noirs desseins, qui pourraient être funestes pour nos intérêts. Nos amis français n'hésitent pas à parler d'une arme secrète.

— Une arme secrète ? Nous sommes en plein roman, Holmes. Comment cacher un laboratoire ou une usine dans un château ?

— Cela me paraît également invraisemblable. Mais l'expérience nous a appris que l'invraisemblable peut quand même être vrai, Watson. Mycroft nous en dira plus tout à l'heure. Je crois qu'il est temps de héler un cab...

Le Diogenes Club, que j'ai déjà décrit à mes lecteurs[1], était resté l'un des endroits les plus insolites de Londres. La règle était d'y feindre l'indifférence face aux autres membres, et surtout d'y observer un silence absolu. Même un léger hochement de tête ou un imperceptible signe de la main y était une grave entorse à ce savoir-vivre particulier. Moyennant quoi, c'était une oasis de sérénité dans la cité. Dans ce paradis des misanthropes, Mycroft Holmes, le frère aîné de Holmes, était comme un poisson dans l'eau. Heureusement, un salon des étrangers permettait la conversation. Nous étions attendus et y fûmes introduits. Quelques instants plus tard, Mycroft nous y retrouvait. Avec un grand sourire, il serra la main de son cadet :

— Sherlock, ravi de te voir! Tu m'as l'air en bonne forme. Docteur Watson, c'est un plaisir de vous retrouver.

Il s'interrompit et prit un air faussement peiné :

— Mais, Sherlock, je vois que tu as déjà parlé au docteur Watson de notre affaire. Oh, je ne t'en veux pas : je suis sûr que tu as pris des précautions pour ne pas être entendu.

---

[1] *L'interprète grec* (GREE) dans *Les mémoires de Sherlock Holmes*

Seule ma vieille habitude des réactions de Holmes me permit de déceler qu'il fut intrigué une fraction de seconde. Il se ressaisit aussitôt :

— Évidemment ! Mycroft, tu connais les horaires de train de la London and South Coast Company encore mieux que moi. Et surtout, tu as repéré la légère rougeur qu'une pinte de bière donne aux joues du docteur. Pour ma part, je te félicite de faire un peu plus attention à ta santé : ce léger régime ne peut que te faire du bien. Mais je te conseillerais aussi un peu d'exercice.

Mycroft haussa le sourcil :

— Comment sais-tu que... ? Cela se voit déjà dans ma silhouette ? Ce serait trop beau. Ah, bien sûr, la poche de ma veste n'est plus gonflée par mon étui à cigares, et, peut-être, et, et... Oh, Sherlock, tu exagères. Tu as repéré l'absence de miettes de gâteau sur mon gilet. C'est vrai : j'ai arrêté les pâtisseries du club, bien qu'elles soient excellentes. Mais ta méthode est un peu déloyale, je trouve...

Mycroft nous fit signe de nous asseoir dans les profonds fauteuils de cuir :

— Puisque tu as déjà parlé, Sherlock, du Haut-Kœnigsbourg au docteur, je vais à l'essentiel. Au départ, il y a une demande de la France au Royaume-Uni. Le gouvernement de Georges Clemenceau nous a fait part d'une grave inquiétude : un de leurs agents en Alsace a de bonnes raisons de penser que le chantier pharaonique lancé au château par l'empereur Guillaume II obéit à une stratégie militaire. La reconstruction du Haut-Kœnigsbourg aurait eu pour but de dissimuler la mise au point d'un système d'armes innovant.

Sherlock, le visage tendu, esquissa un geste :

— Cet agent est encore de ce monde ?

— Oui. Mais les Français nous disent qu'il ne peut plus poursuivre son enquête, sauf à éveiller les soupçons. Pour sa propre sécurité, il a été invité à ne plus s'en mêler. Et c'est là la difficulté, Sherlock. L'envoi d'agents français en Alsace est très risqué : ils sont aussitôt repérés et filés. C'est pour cette raison que la République française s'est adressée à la monarchie britannique : des Anglais faisant du tourisme en Alsace ne souffriront pas de la même suspicion.

Holmes étouffa un petit rire :

— Mycroft, tu crois vraiment que l'arrivée de Sherlock Holmes, détective retraité, décoré de la Légion d'Honneur pour services rendus à la France[1], et du docteur Watson, son biographe attitré et compagnon d'enquêtes, passerait davantage inaperçue ?

Mycroft soupira :

— Nous y avons pensé. Retraité tu es, retraité tu restes. Mais un retraité curieux, passionné, qui suit l'actualité. Un retraité soucieux de laisser une œuvre littéraire qui ne se résume pas à tes opuscules sur les cendres de cigarettes ou la gelée royale. Donc, tu t'es intéressé, depuis des mois, à la reconstruction des châteaux médiévaux européens. Tu as l'intention de rédiger une monographie pour les sociétés historiques que tu fréquentes. Bref, avec ton vieil ami le docteur Watson, vous voulez voir sur place le Haut-Kœnigsbourg superbement reconstruit par Bodo Ebhardt...

Je le coupai :

— Bodo Ebhardt ?

— C'est l'architecte de l'Empereur, qui mène les travaux depuis dix ans. Il vient de Brême. C'est un spécialiste reconnu

[1] voir *Le pince-nez en or* (GOLD)

des châteaux-forts d'Allemagne et d'Italie. Il a écrit plusieurs livres sur ces questions. Une sommité en la matière, docteur. Il revient régulièrement au château pour des finitions ; il y est en ce moment.

Il se retourna vers Holmes et reprit le fil de sa tirade :

— Sherlock, pour donner le change, vous n'irez pas directement en Alsace. Vous passerez par Pierrefonds, en France, un château reconstruit avant la guerre pour Napoléon III.

Holmes réfléchit :

— Pierrefonds, oui, une œuvre de Viollet-le-Duc et de ses élèves, si je ne me trompe pas...

— Je vois que tu a déjà commencé à te documenter. Mais comment as-tu imaginé que nous allions te proposer un tel stratagème ?

— Les mêmes causes, dans des esprits semblables, conduisent aux mêmes effets, Mycroft. Et la bibliothèque de prêt de mon comté est à une demi-heure de marche de ma maison.

Le frère de mon ami sourit. Il passa machinalement sa main sur la poche de sa veste. Je compris qu'il pensait y prendre un cigare. Il se rendit compte tout à coup de son erreur et se souvint de sa décision d'abstinence ; son visage s'assombrit. Il tira d'une autre poche une enveloppe marron :

— Sherlock, voilà un mémorandum qui reprend ce que nous savons de cette affaire. Tu y trouveras une lettre de recommandation de la société royale d'histoire et d'archéologie, le rapport et l'adresse de l'agent français, des données historiques sur le Haut-Kœnigsbourg – il faudra les vérifier, elles me semblent un peu légères – et une bonne liasse d'argent français et allemand.

Mon ami leva les deux mains, comme pour s'offusquer. Mycroft l'arrêta d'un geste :

— Si, si, Sherlock, c'est indispensable. Et ne t'inquiète pas, tu ne ruineras pas la Couronne d'Angleterre : c'est le ministère français des Affaires étrangères qui paye. Un des fruits de l'Entente Cordiale[1], vois-tu...

Un quart d'heure plus tard, nous nous retrouvions sur le trottoir. La foule était dense. Pendant que nous remontions Pall Mall à la recherche d'un cab, mon ami resta silencieux. Soudain, à la hauteur du Carlton, il pointa son doigt vers ma poitrine :

— Watson, je vais retourner dans le Sussex. J'y réfléchirai et y préparerai notre voyage. Je vous propose de partir dès la semaine prochaine pour le continent. Pourrez-vous vous libérer ?

— En principe oui, j'ai un jeune remplaçant qui...

— Très bien ! Puis-je vous confier une mission ?

— Bien sûr, Holmes.

— Je voudrais que vous passiez demain à la *London Library*. Dans la salle de lecture, vous trouverez *Deutsche Burgen*, le traité de Bodo Ebhardt sur les châteaux-forts allemands, édité en 1898. Vous l'emprunterez – je sais que vous êtes au mieux avec le bibliothécaire – vous le lirez et m'en ferez un résumé.

— Mais Holmes, je ne lis pas l'allemand...

— Ah, c'est vrai, Watson ! Eh bien, vous emprunterez également une grammaire et un lexique de la langue de Goethe.

---

[1] L'Entente Cordiale, signée en 1904, est un traité rapprochant le Royaume-Uni et la France.

Et puis vous serez attentif aux dessins : ces architectes adorent les dessins. L'essentiel, c'est de pouvoir soutenir une conversation avec cet homme et de ne pas paraître trop béotien. Sinon, il ne croira jamais à notre monographie sur la reconstruction des châteaux médiévaux !

Il fit un geste de la main à un cab qui remontait la rue.

— Je file à la gare. Je crois bien que le prochain train est à 17h13. Prenez cet autre cab qui arrive derrière. Je vous ferai passer un message samedi. Prévoyons un départ mardi, si vous voulez bien !

Holmes allait s'engouffrer dans la voiture. Je le retins par la manche :

— Holmes, puis-je vous poser une question ?

— Bien sûr, Watson. Je vous en prie.

— Quand vous m'avez écrit ce billet reçu lundi dernier à mon cabinet, comment étiez-vous ?

— Comment étais-je ? Je ne saisis pas bien...

— Je veux dire : dans quel état d'esprit, et dans quelles circonstances pratiques ? J'ai cru sentir de l'urgence, de la préoccupation...

— De l'urgence ? Certes non, Watson. C'était à l'aube, la meilleure heure pour visiter les abeilles. Je venais de rehausser l'une de mes ruches, j'avais posé l'enfumoir, enlevé mes protections et j'étais benoîtement allongé dans l'herbe. Je savais que le garçon de ma voisine allait à la poste en début d'après-midi. J'avais tout mon temps.

— Et le papier, d'où venait-il ? Et l'encre ? Et l'enveloppe ?

Holmes me regarda, amusé.

— Le papier, l'encre, l'enveloppe ? Diable, Watson, vous êtes insatiable. Mais je vous réponds bien volontiers. Quand je visite une ruche, je note l'état de la colonie. J'ai donc toujours du papier et de l'encre. Je crois avoir découpé votre billet dans l'une de ces feuilles de petit format. Quant à l'enveloppe, je l'ai prise, de retour à la maison, dans le tiroir de mon secrétaire, tout simplement.

— Holmes, elle était tachée à un angle. Vous buviez du thé ?

— Absolument pas, Watson. Mais je vois très bien à quoi vous faites allusion. Je venais de préparer un pot de miel pour l'offrir au garnement qui me sert de commissionnaire. Et, ma foi, je l'avoue, je crois bien y avoir plongé un doigt pour le goûter avant de le refermer... Si j'ai taché l'enveloppe, c'est avec du miel, et j'en suis confus. Mais... pourquoi toutes ces questions. Vous aviez imaginé autre chose ?

— Non, non. Simple curiosité, Holmes. Ne m'en veuillez pas. Allez, à mardi. Cette affaire s'annonce passionnante !

Holmes grimpa dans le cab, avec un geste d'au-revoir. Je fis signe à l'autre voiture. Heureusement, mon ami n'avait pas remarqué mon air dépité. J'avais cru à un billet fiévreux, écrit sur un coin de meuble, en bousculant une tasse de thé. Et c'était un écrit bucolique, rédigé sur une pelouse, avec une tache... de miel !

Décidément, j'avais beau connaître les méthodes de Holmes mieux que quiconque, depuis bientôt trente ans que je le voyais à l'œuvre, je n'arriverais jamais à les appliquer. « Que voulez-vous : chacun ses talents ! » me disais-je en m'enfonçant sur la banquette du cab qui me ramenait auprès de l'aimable madame Watson.

Chapitre III

La statue de Goethe

Mai 1909 – Strasbourg

Deux semaines après ces événements, nous étions tous deux à Strasbourg. Nous avions pris le temps, comme prévu, de visiter pendant trois jours l'élégant château de Pierrefonds, dans la forêt de Compiègne, au nord de Paris. Même si notre intérêt était feint et n'était justifié que par la couverture imaginée conjointement par les deux frères Holmes, nous avions pris plaisir à cette escapade. L'édifice, datant surtout du XIVe siècle, ruiné au XVIIe par les troupes de Richelieu, avait été en partie reconstruit sur l'ordre de l'empereur français Napoléon III.

Sur place, nous nous étions fait expliquer comment l'architecte Viollet-le-Duc avait mené le chantier, depuis le début des années 1860 jusqu'à sa mort en 1885. Son gendre l'avait ensuite relayé, mais pour le compte, alors, de la IIIe République française. Nous avions admiré la très belle cour aux galeries Renaissance, l'ingénieux et gracieux escalier à vis, et les impressionnants remparts. J'avais même esquissé quelques croquis, malgré ma maladresse au crayon : ils pourraient éventuellement justifier en Alsace notre mission.

Un curieux incident avait marqué ce séjour en Picardie. Un matin, tôt, alors que nous déambulions tous les deux aux alentours du château, Holmes, sans me regarder, avait chuchoté :

— Watson, ne vous retournez pas ! Nous sommes suivis. Derrière le bouquet d'arbres que nous venons de laisser sur notre gauche, j'ai aperçu deux silhouettes. Quand j'ai bougé, elles se sont dissimulées...

— Vous êtes sûr, Holmes ?

— Absolument ! D'autant plus que ces deux hommes nous épient depuis plusieurs jours. Je ne les ai pas repérés sur le *steamer*[1]. Peut-être nous attendaient-ils à Calais ? Mais je les ai aperçus dans le train ensuite, puis à plusieurs reprises, quand nous sommes sortis de l'auberge.

— Mais vous ne m'avez rien dit !

— Volontairement, Watson. Nous devons agir comme si nous ne nous doutions de rien. Rappelez-vous : nous n'avons rien à cacher. Nous sommes bien Sherlock Holmes et John Watson, que vos écrits ont contribué à faire connaître autant sur le continent qu'au Royaume-Uni. Mais nous ne cherchons ni le crime, ni le criminel. Nous enquêtons, par goût, sur les châteaux médiévaux reconstruits à l'identique. Rien de suspect. Nous ne devons donc pas nous comporter en suspects.

Pendant que mon ami chuchotait, je m'étais lentement retourné, comme pour admirer la campagne printanière. Mon regard se porta sur le petit bois qu'il avait désigné. Mais je ne vis rien, sinon un lapin qui jaillit d'un fourré et traversa rapidement le chemin que nous avions emprunté. Holmes parla à haute voix :

— Venez, Watson, poursuivons notre tour. Je pense que la vue depuis l'est devrait être intéressante. Et la lumière,

[1] Un *steamer* était un navire à vapeur.

ce matin, est resplendissante. Cette campagne française est bien différente des landes du Devonshire...

Plus bas, il ajouta :

— Peut-être est-ce seulement une filature de routine. Deux sujets britanniques sur le continent, connus pour leur fidélité à la Couronne, cela suffit peut-être, en ces temps troublés, pour justifier la chose. Continuons à jouer les naïfs, c'est ce que nous avons de mieux à faire.

— Ne chercherons-nous pas à les semer ?

— Surtout pas. Nous ne les avons pas vus. Nous n'avons rien à cacher. Poursuivons.

Nous fîmes quelques pas sur le chemin. Quand nous fûmes un peu plus loin du bouquet d'arbres, Holmes me regarda :

— Watson, je crois que nous en savons assez sur Pierrefonds. J'avoue d'ailleurs que ce château commence à me lasser. Il est temps de reprendre notre route. Je vous propose de partir dès demain pour l'Alsace. Qu'en pensez-vous ?

J'avais conservé un assez bon souvenir de la gare de Strasbourg, un long et élégant bâtiment néo-Renaissance construit après l'annexion de l'Alsace-Lorraine par l'Allemagne. Depuis notre dernier passage, la gare de marchandises avait été déplacée, et plusieurs quais rajoutés à la gare de voyageurs. Tandis que nous attendions le porteur avec nos bagages, Holmes leva sa canne, me montrant les fresques colorées qui ornaient deux côtés de la salle des pas-perdus :

— Regardez Watson. Nous sommes déjà dans notre sujet. Ici, c'est Frédéric Barberousse. Il fut l'un des premiers propriétaires du Haut-Kœnigsbourg, au XIIe siècle. Et là, c'est Guillaume Ier entrant à Strasbourg, redevenue allemande après la dernière guerre. C'est lui qui, finalement, a remis le château dans le giron du nouvel empire allemand. C'était le grand-père de l'actuel empereur.

Nous étions descendus à l'*Englischer Hof*, non loin de la grande poste, elle aussi récemment construite par les autorités allemandes avec d'étonnantes fenêtres gothiques. Tout le quartier était d'ailleurs marqué du sceau de l'Empire. Autour d'une grande place circulaire se retrouvaient les bâtiments officiels : le Parlement d'Alsace-Lorraine, des ministères, le Palais du *Kaiser* et une immense bibliothèque. Holmes et moi furent d'accord pour trouver le quartier remarquable, quoiqu'un peu lourdement « prussien » à notre goût. Mais un visiteur allemand aurait peut-être des réticences similaires devant l'architecture récente de Londres...

Depuis la grande place, une large avenue, la *Kaiser Wilhelm Strasse,* menait à l'université impériale. Nous y avions pris rendez-vous avec *Herr Doktor Professor* Charles Muller, un médiéviste réputé. Je l'avoue : j'avais repéré son nom dans le traité sur les châteaux allemands de l'architecte Bodo Ebhardt. Le nom de cet universitaire alsacien y était cité avec un grand respect pour ses études archéologiques.

Holmes et moi avions trouvé opportun de rencontrer cet érudit. D'une part, il avait tout à fait sa place dans notre enquête sur les châteaux reconstruits. D'autre part, il en savait sûrement beaucoup sur le Haut-Kœnigsbourg. Il l'avait lui-même étudié à l'époque des ruines, et il avait pu en suivre la restauration.

Le professeur Muller nous attendait dans son bureau, au premier étage de l'aile droite du bâtiment. Il était assis derrière une montagne de livres et de documents. À peu près chauve, il était plus âgé que je l'avais pensé à la seule lecture des notices d'Ebhardt. Il devait être nonagénaire, mais n'avait rien perdu d'une admirable vivacité d'esprit. D'entrée, il nous apostropha avec un brin d'humour, et dans un assez bon anglais :

— Monsieur Holmes, docteur Watson, quel honneur pour moi que de vous voir ici, à Strasbourg, dans mon modeste bureau ! Je suis l'un de vos lecteurs, docteur, et je suis vos exploits avec intérêt, monsieur Holmes. Mais je suis un peu étonné que vous ayez ainsi quitté le 221b Baker Street et le terrain du crime à Londres pour aller sur celui des châteaux-forts du Moyen Âge. Remarquez, je ne m'en plaindrai pas : sinon, je ne vous aurais peut-être jamais rencontrés !

Il nous fit signe de nous asseoir. Holmes débarrassa une chaise d'une pile d'annales. J'en libérai une autre d'un amoncellement de livres imprimés en gothique. Mon ami, joignant les mains du bout des doigts, s'adressa à l'universitaire :

— Professeur, nous ne logeons plus à Baker Street. Le docteur Watson est remarié. Et quant à moi, je suis, à vrai dire, maintenant retraité...

— Retraité ? Mais vous êtes encore si jeune !

— J'en suis conscient, professeur. Mais vous savez, je crois avoir fait le tour du paysage du crime. Depuis quelques années, il n'offre plus de belles énigmes. Les malfrats sont trop prévisibles. Scotland Yard suffit bien à la tâche répétitive qu'est devenue leur poursuite. Je n'irai pas jusqu'à affirmer que feu le professeur Moriarty et son redoutable adjoint le colonel Moran, toujours sous les verrous, me manquent beaucoup. Mais il est vrai que les enquêtes trop faciles ne m'attirent plus. Alors, je cherche d'autres terres inconnues à explorer...

— D'où votre curiosité pour les châteaux ?

— En effet, professeur ! Et notamment pour cette mode actuelle de les reconstruire à l'identique.

Charles Muller écarta quelques livres sur son bureau, pour mieux voir mon ami, et agita ses mains, me faisant irrésistiblement penser aux mouvements des marionnettistes.

— À l'identique, ou à peu près, n'est-ce pas ! Les architectes en profitent bien souvent pour réinventer le Moyen Âge idéalisé de leur enfance plutôt que le vrai.

— Justement, professeur, que pensez vous de la reconstruction du Haut-Kœnigsbourg ?

Charles Muller se redressa sur sa chaise et prit une longue inspiration :

— Monsieur Holmes, docteur Watson, vous savez que c'est ici, depuis des années, le sujet d'une controverse. Les uns trouvent que Bodo Ebhardt, l'architecte de l'Empereur, a eu raison. Reconstruire le château, disent-ils, a été une belle idée. Les mêmes, en général, estiment que son travail a été fidèle, sinon à la lettre, du moins à l'esprit du vieux Haut-Kœnigsbourg. D'autres, en revanche, trouvent ridicule cette volonté de recréer de toutes pièces au XXe siècle un château du XVe. Ils préféraient les ruines, respectant le passage du temps. Dans leurs rangs, évidemment, se trouvent ceux qui ironisent sur la restauration d'Ebhardt, et assurent qu'il a triché, ajoutant ce qui lui plaisait, retranchant ce qui lui déplaisait…

— C'est votre sentiment, professeur ?

— Oh, moi, je suis plutôt pragmatique, messieurs, et donc neutre. D'un côté, je vois les gardiens du temple, qui s'indignent dès qu'on remue une pierre. Je leur dis : nos anciens n'ont pas eu votre pudeur, et ces ruines intouchables sont en fait, déjà, la superposition de constructions, de démolitions, et de reconstructions de plusieurs époques. De l'autre côté, j'entends les tenants de la reconstitution, qui ne jurent que par les copies d'ancien. Je leur dis : ne mettez pas trop de vin nouveau dans les vieilles outres, au risque de les faire éclater...

Je crus bon, sentant l'irritation discrète de Holmes, d'interrompre ce discours.

— Vous ne prenez pas parti, si je comprends bien.

— Je ne tranche pas, en effet. Vaut-il mieux laisser côte-à-côte deux vieilles pierres tombées ? Ou alors, quand on est sûr qu'elles étaient l'une sur l'autre, les réempiler toutes deux ? Quelle est la bonne attitude ?

Holmes commençait à se trémousser sur sa chaise. Je craignais qu'il devienne impoli.

Le professeur Muller tendit le bras vers un rayonnage derrière lui.

— Regardez, messieurs, voilà le dernier épisode de la polémique sur le Haut-Kœnigsbourg.

Il nous tendit la reproduction d'une gravure ancienne.

— L'an dernier, l'éditeur Heitz, un Strasbourgeois, a publié cette gravure. Et je peux vous dire qu'elle a été très bien diffusée !

Holmes s'empara du document :

— C'est un dessin du château, peu ressemblant à première vue. Qu'a-t-il donc de particulier pour alimenter la polémique ?

— Le donjon, messieurs, le donjon ! Il est rond. Rond comme un tonneau. Or Bodo Ebhardt a érigé un donjon carré. Carré ! La presse alsacienne en a fait ses choux gras. Pensez donc : les Prussiens au casque à pointe imposent en claquant les talons un donjon carré là où il était rond !

— C'est le cas, en effet ?

— À vrai dire, je crois bien qu'Ebhardt a raison, et que le donjon était carré. Les relevés qu'il a faits me semblent justes. J'avais fait les mêmes avant la guerre. La gravure est fausse. Ou alors elle représente un autre château. Allez savoir... Mais cela symbolise bien les querelles autour du Haut-Kœnigsbourg.

Holmes rendit la gravure au professeur :

— Je vois bien. Mais professeur, vous qui connaissez bien le château, et depuis longtemps...

— Vous savez, j'y allais déjà en culottes courtes, dans les années vingt...

— Certainement !... Donc, vous qui connaissez l'édifice depuis des décennies, avez-vous le sentiment que sa reconstruction par l'empereur Guillaume II obéit à d'autres objectifs que celui de ressusciter un vieux château ?

— Évidemment, monsieur Holmes ! Pour l'Empereur, c'est une façon de marquer qu'il est le successeur des Hohenstaufen et des Habsbourg. Son *Reich* fait renaître le Saint Empire romain germanique. Le Haut-Kœnigsbourg est la borne ouest de son empire, comme la forteresse teutonique de Marienbourg en est la borne est...

Holmes montrait des signes d'agacement.

— Je comprends tout cela. Mais je parle d'un autre objectif, ni symbolique, ni politique. Une mission militaire, par exemple...

Charles Muller eut un petit rire de gorge.

— Militaire ? Vous plaisantez. Je vois mal les canons décoratifs du Haut-Kœnigsbourg menacer la France ou l'Angleterre... Et il n'y a pas un seul soldat là-haut. Il est vrai qu'à l'inauguration, en mai dernier, ont défilé des hallebardiers et des arquebusiers d'opérette ! Leurs déguisement ont pris l'eau. Il pleuvait des hallebardes, savez-vous, quand Guillaume II a voulu fêter son château !

Ravi de son jeu de mots, Charles Muller s'esclaffa. Holmes insista :

— Rien de dissimulé au château, donc ? Pas d'artillerie à longue portée ? Pas de fabrique de gaz de combat derrière les remparts ? Pas de savant fou travaillant sur une arme secrète dans les oubliettes ?

— Rien de ce genre, monsieur Holmes, je le crains bien. Simplement un grand château difficile à chauffer, où l'on commence à entasser des antiquités. C'est tout. Un jouet pour un empereur. Et une attraction pour les visiteurs. Vous verrez, monsieur Holmes, l'Empire passera, l'Empereur mourra, mais le château attirera encore les curieux, prêts à donner la pièce pour s'imaginer au Moyen Âge. C'est le destin de ce château, et le cadeau d'Ebhardt aux générations futures.

Holmes se leva brusquement :

— Très bien, professeur. Je vous remercie de vos éclairages précieux pour notre réflexion. Vous connaissez bien Ebhardt et il a du respect pour vous. Serait-ce abuser que de vous demander une lettre d'introduction auprès de lui ?

— Ne vous en faites pas, messieurs. Il est déjà au courant de votre venue. Je lui en ai parlé il y a quelques jours, lors d'une réception. Il vous attend après-demain au château, et vous promet une visite complète. Vous verrez : son travail est méritant, même si j'ai mes réserves. Par exemple, je ne suis pas d'accord avec ce moulin à vent ridicule sur une tour d'artillerie. Il n'y a jamais eu de moulin à vent au Haut-Kœnigsbourg : l'inventaire de 1533 ne parle que d'un moulin à bras ! À bras ! Rien à voir.

Le professeur tapa du poing sur son bureau. Holmes lui tendit la main, le remercia encore et prit congé. Je me levai aussi, et nous quittâmes Charles Muller, qui tempêtait encore en secouant la tête.

Dans l'escalier, Holmes, qui descendait quatre à quatre, se retourna vers moi :

— Watson, nous n'avons pas appris grand chose, mais Charles Muller nous a ouvert la porte de Bodo Ebhardt. C'est déjà beaucoup.

Je m'étonnai :

— Holmes, je vous ai trouvé très direct. Fallait-il vraiment poser la question d'un éventuel secret militaire ?

— Watson, nous n'avons rien à craindre du professeur Muller. C'est un Alsacien francophile, même s'il ne le laisse pas trop paraître. Avez-vous remarqué dans sa bibliothèque ces livres de Hansi[1] ? Il ne nous en a pas parlé, mais il sont souvent feuilletés : ils étaient nets, alors que leurs voisins étaient couverts de poussière. Et puis, avez-vous vu ses journaux ?

— Ses journaux ?

— Oui, les deux piles sous la fenêtre. Il reçoit le *Strassburger Post*, pro-allemand, probablement au titre de l'université, mais n'y touche pas : la pile est impeccablement rangée. En revanche, il lit la *Revue alsacienne illustrée*, connue pour sa francophilie culturelle et politique : malgré ses efforts, la pile est brinquebalante, et il a pris la précaution de la recouvrir d'une grosse bible de Luther ! Non, nous n'avons rien à craindre du professeur Muller. S'il a un doute

[1] Jean-Jacques Waltz, dit Hansi, dessinateur alsacien (1873-1951), féroce caricaturiste de l'occupant allemand

sur le vrai motif de notre enquête, il le gardera pour lui. Avec délectation, d'ailleurs.

— Et puis, c'est un lecteur de vos aventures, Holmes.

— Exact ! Comment un admirateur pourrait-il vouloir nous nuire ?

Sur la place de l'université, Holmes s'arrêta soudain devant une haute statue, installée sur un piédestal au milieu d'une sorte de terrasse à balustrade. Un homme grand, altier, habillé comme un marquis, coiffé d'une perruque, le manteau dans la main gauche, la droite appuyée sur une canne, regardait droit devant lui l'enfilade de la *Kaiser Wilhelm Strasse*. À droite et à gauche, je vis deux statues de femmes assises, dont l'une avec une lyre. Mon ami déclama avec une certaine emphase :

— *Ist denn die Welt nicht schon voller Rätsel genug, dass man die einfachsten Erscheinungen auch noch zu Rätseln machen soll ?*

— Pardon, Holmes ?

— Le monde n'est-il pas déjà assez rempli d'énigmes, pour qu'on ne transforme pas en énigmes les choses les plus simples ? C'est de Goethe, dans ses *Maximes et réflexions*. Car c'est Goethe, là, voyez, cette statue toute neuve[1]. C'est écrit sur le piédestal. L'Empire a pu se souvenir qu'il passa quelques années à Strasbourg au temps de ses études. Les deux femmes sont des muses, Erato pour la poésie, Melpomène pour le chant. Un grand analyste de l'âme humaine, Goethe, mais avec un peu trop de sensiblerie à mon goût.

Holmes fit un geste, comme pour saluer l'écrivain allemand, puis pivota vers moi :

---

[1] Inauguré en 1904, ce groupe de statues a été réalisé par le sculpteur allemand Ernst Wägener.

— Venez Watson, cette conversation historique m'a donné faim, et j'ai repéré près de l'hôtel un petit restaurant où nous devrions trouver quelques-unes de ces réjouissantes charcuteries qu'affectionnent les Alsaciens.

Chapitre IV

Le débarras de la bibliothèque

Levés tôt, nous nous sommes rendus dès le lendemain en train à Sélestat. Mycroft avait en effet arrangé notre rencontre avec l'agent des services secrets français qui y résidait. Je peux l'écrire maintenant, puisque cet homme auquel je rends hommage est mort au champ d'honneur : il exerçait alors la noble profession de chapelier dans une rue passante de la petite bourgade.

Ce commerce, d'ailleurs plutôt rentable, lui fournissait une précieuse couverture pour ses activités de renseignements. En outre, il lui permettait de rencontrer la plupart des notables de la ville, les bourgeois bien élevés, en Allemagne comme en Angleterre, sortant rarement sans couvre-chef.

Quelques minutes avant notre arrivée en gare, Holmes, qui scrutait attentivement la campagne alsacienne et la ligne bleue des Vosges, me saisit par le bras.

— Tenez : le voilà, le Haut-Kœnigsbourg ! Juché au sommet de cette montagne triangulaire, on devine bien le château. Plutôt bien placé, n'est-ce pas ? Il domine en effet toute la plaine d'Alsace. Mais à l'époque de l'artillerie moderne à longue portée, cela n'a plus guère d'intérêt militaire. C'est un beau point de vue pour le promeneur. Ce n'est plus un observatoire pour le soldat !

Durant le trajet, Holmes avait arpenté le couloir du wagon, jetant un coup d'œil dans les différents compartiments. Il était revenu et m'avait dit sobrement :

— Si nous sommes toujours suivis, ils ne sont pas dans notre wagon. Peut-être une équipe prendra-t-elle le relais à notre arrivée...

— Croyez-vous vraiment qu'ils se doutent de notre intérêt pour le Haut-Kœnigsbourg ?

— Très probablement ! Nous en avons parlé à plusieurs reprises ensemble, sans nous cacher, dans le train, sur le *steamer*, à l'hôtel, au restaurant. Cela n'a pu échapper à leurs oreilles. Ce qui m'inquiète davantage, c'est ce que ces espions, ou leurs comparses, ont pu apprendre à Londres. Car c'est là qu'a été dit l'essentiel. S'ils ont des entrées au *Diogenes Club* ou au *Foreign Office*, Watson, la situation est beaucoup plus compliquée pour nous. Elle pourrait même devenir dangereuse. Vous avez bien pris votre vieux revolver d'ordonnance ?

— Bien sûr. Et vous avez en poche, je crois, votre *British Bulldog*[1] ?

— Ne craignez rien. Mais je m'en voudrais, Docteur, de vous avoir arraché à votre foyer et à vos patients pour vous faire courir des risques !

— Holmes, je suis un grand garçon. Depuis le temps, vous le savez. Si j'avais hésité, je l'aurais dit. Mais l'honneur nous dicte clairement notre comportement : c'est pour l'Angleterre et ses alliés que nous sommes ici.

— Bravo, Watson, voilà qui est bien parlé ! Je n'en attendais pas moins de vous.

---

1 Revolver à six coups de calibre 9 ou 11 mm, fabriqué au Royaume-Uni à partir de 1880.

Nous trouvâmes sans peine la boutique de notre correspondant. Sous une enseigne de bronze, représentant un haut-de-forme, de grandes lettres dorées affichaient son nom : « Hans Nonnenmacher, chapelier ». La vitrine de gauche était remplie de coiffures féminines, parmi lesquelles ce curieux nœud géant typique du costume féminin alsacien. Dans celle de droite, réservée aux hommes, voisinaient des chapeaux de ville, des coiffures militaires à visière et des casquettes de chasse.

J'y vis même une casquette de tweed à grands carreaux et à protège-oreilles, ce qu'en Angleterre nous nommons un *Deerstalker.* Je la montrai du doigt avec amusement à mon ami :

— Holmes, vous n'avez jamais été tenté par une casquette de ce type ?

— Je ne me souviens pas d'en avoir jamais porté, Watson. Cela fait un peu trop chasseur pour mon style d'élégance...

La porte, en s'ouvrant, fit tinter une clochette. De l'arrière-boutique sortit un petit homme rond au visage réjoui. C'était Nonnenmacher :

— *Meine Herren* ? dit-il en allemand.

Holmes répondit en français :

— Monsieur Nonnenmacher ?

— Lui-même, pour vous servir. Que cherchez-vous précisément ?

— Vous-même ! répondit Holmes. Voici le docteur Watson. Je suis Sherlock Holmes.

Le commerçant avala difficilement sa salive.

— Monsieur Holmes, docteur Watson ! Je suis très honoré. Et très embêté. Il ne faut pas qu'on vous aperçoive dans mon magasin, messieurs. Je vous renseignerai avec plaisir, mais pas ici, pas maintenant.

— Dites-nous où et quand.

— Je vous suggère d'aller cet après-midi vers trois heures visiter la Bibliothèque Humaniste. Vous verrez : elle est fascinante et très instructive. J'y passerai, pour faire des recherches pour la société d'histoire locale, dont je suis membre. Le conservateur est un ami. Il nous laissera converser tranquillement.

Nonnenmacher lança un regard inquiet à l'extérieur. Deux jeunes femmes approchaient du magasin. Un homme entre deux âges, en strict costume noir, semblait attendre quelqu'un sur la place. Il jeta un coup d'œil un peu vulgaire sur les passantes. Elles allaient entrer.

— Allez, allez, messieurs. Sans vous prier, il vous faudrait acheter quelque chose, pour donner le change. J'ai de bonnes raisons de croire qu'on se méfie de moi.

La porte s'ouvrit, avec un tintement. Holmes, sans être le moins du monde décontenancé, lança :

— Vous avez raison, monsieur Nonnenmacher, cette casquette de tweed que je vois là devrait me convenir parfaitement. Pourriez-vous simplement me dire combien elle vaut ?

Le chapelier indiqua le prix, en *goldmarks*. Holmes paya sans barguigner, tandis que monsieur Nonnenmacher, plongeant dans sa vitrine, s'emparait du *Deerstalker* et l'emballait avec soin dans un papier de soie.

— Vous en serez très satisfait, monsieur, je vous l'assure. C'est un article pratique et confortable... Et en véritable laine anglaise d'excellente qualité.

Les deux femmes, qui avaient cessé leur conversation en entrant dans la boutique, nous lancèrent un regard furtif. Holmes s'inclina, prit son paquet. Nous sortîmes, provoquant le même petit tintement. Dehors, l'homme en noir avait ostensiblement déplié un journal. Il ne nous regarda pas.

Après avoir fait quelques pas, Holmes, embarrassé par le paquet qu'il portait sous le bras, se retourna vers moi :

— Excellent commerçant, ce Nonnenmacher, vous avez vu. Mais un agent excessivement prudent. Allons déjeuner. Nous irons cet après-midi nous passionner pour l'humanisme rhénan. Cela nous changera un peu des châteaux médiévaux...

Dans le vieux centre de Sélestat, nous nous rendîmes à la halle aux grains. Au premier étage s'était installée, une vingtaine d'années avant notre visite, une assez impressionnante bibliothèque. Elle avait été baptisée « humaniste » parce qu'elle avait hérité des livres de plusieurs philosophes de ce courant de pensée, bien présent au XVIe siècle dans la vallée du Rhin. Le plus célèbre, à Sélestat, est Beatus Rhenanus, un ami d'Érasme de Rotterdam.

Dans ce paradis des livres anciens – plus de trois mille – des vitrines présentaient les plus beaux ouvrages. Nous n'eûmes pas besoin de feindre pour admirer la *Cosmographie* de Saint-Dié : c'est là, nous expliqua le conservateur, que fut employé pour la première fois, en 1507, le mot *America* pour désigner le Nouveau Monde que Christophe Colomb avait découvert en 1492. Il nous montra avec délectation la notation dans la marge.

Ce conservateur, aux cheveux gris bouclés et aux petites lunettes rondes, était charmant. Sans avoir, comme le professeur Muller, lu tous les petits ouvrages dans lesquels je tiens la chronique des enquêtes de Holmes, il voyait très bien qui nous étions. Mais il s'était excusé : il vivait davantage aux XVe et XVIe siècles qu'à notre époque. Le crime à Londres ne l'intéressait que s'il avait été commis pendant la guerre des Deux-Roses, ou en Alsace lors de la Guerre des Paysans ! L'actualité n'était pas son fort.

Après nous avoir montré les plus belles pièces de son trésor, il jeta un rapide coup d'œil circulaire : les autres visiteurs, rares en ce début d'après-midi, étaient loin de notre petit groupe.

— Vous avez un rendez-vous, je crois ?

Holmes fit signe que oui.

— Venez, messieurs, on vous attend.

Le conservateur nous conduisit à l'écart, dans un petit débarras. Hans Nonnenmacher était là, assis sur un fauteuil paillé. Il tournait entre ses doigts un chapeau à larges bords. Lui et le conservateur échangèrent quelques mots à voix basse. Puis ce dernier, avec un sourire, sortit et referma la porte. L'agent de la France prit la parole :

— Je vous dois des excuses, messieurs. Mais vous l'avez compris : j'ai le sentiment désagréable que la surveillance autour de moi s'est resserrée depuis quelques mois. À la chapellerie, désormais, je ne parle plus que de chapeaux. Mais ici...

— Ici, entre les incunables[1], on peut brasser d'autres idées, réagit Holmes.

— Vous avez aimé la visite ?

---

[1] Les incunables sont les premiers livres imprimés entre l'invention de Gutenberg (vers 1450), et l'an 1500.

— Absolument. Je reste toujours fasciné par la charnière entre le Moyen Âge et la Renaissance en Europe. C'est le temps où la pensée se libère de la peur en même temps qu'elle trouve de nouveaux chemins pour se diffuser.

— Vous avez tout à fait raison.

Pendant ce court dialogue, Hans Nonnenmacher s'était transformé. Ce n'était plus un affable commerçant aux manières presque obséquieuses. Il s'était redressé, avait pris un air grave, des gestes plus volontaires. Il me rappelait un éclaireur de l'armée que j'avais connu lors de ma campagne d'Afghanistan : disert et onctueux en-dehors de ses missions, strict et précis quand il en faisait compte-rendu.

— Messieurs, je vous fais le point brièvement. Vous poserez ensuite des questions, si vous le souhaitez. Je crois que vous êtes un peu renseignés sur le château du Haut-Kœnigsbourg. Je saute donc les siècles. Depuis l'incendie de 1633, il était en ruines. Ce beau tas de pierre est passé de main en main, pour aboutir finalement dans le patrimoine de la ville de Sélestat, qui l'a acheté en 1865. Cela, c'est l'histoire ancienne.

« Je passe à l'histoire récente. En mai 1899, il y a dix ans, Sélestat fait cadeau des ruines à l'empereur Guillaume II. Pourquoi ? Les opinions divergent. Les uns disent que c'était pour arrêter de payer l'entretien. Les autres, que ce fut pour se faire bien voir du nouveau maître du pays. D'autres encore, pour assurer que cette Moyenne-Alsace ne soit pas oubliée par l'Empire. En tous cas, le sous-préfet Dieckmann, qui vient de quitter son poste il y a deux ans, avait beaucoup fait pour provoquer cette donation.

« L'Empereur a été ravi. Et il a décidé de faire reconstruire le château. Il a embauché l'architecte Bodo Ebhardt. Ce fut un chantier gigantesque. Il y a eu là-haut entre quarante et deux cent vingt ouvriers, selon les moments. Beaucoup d'Alsaciens d'ailleurs, ce qui fait qu'ici le nouveau Haut-Kœnigsbourg est très populaire.

— Et l'argent ? interrompit Holmes.

— Une fortune, monsieur. Guillaume II a donné de sa cassette personnelle cent mille *goldmarks* pour commencer. Avec cette somme, on a fait les relevés photographiques, le déblaiement, on a acheté quelques canons et on a consolidé le petit château voisin. Mais le reste a été pris sur l'argent public. La moitié dans le budget du *Reich*, l'autre dans celui du *Reichsland* d'Alsace-Lorraine. On calcule qu'aujourd'hui, on aurait dépassé les 2,2 millions. Et il reste encore à terminer les aménagements intérieurs... Mais l'essentiel, ce n'est pas ça.

Instinctivement, Holmes et moi nous rapprochâmes de Nonnenmacher.

— L'essentiel, c'est ce qui est arrivé en octobre 1902. L'histoire m'a été racontée par des ouvriers que j'ai fait boire. Bodo Ebhardt était assisté d'une jeune femme, une historienne venue de Berlin. Je ne l'ai jamais vue, mais les ouvriers la disaient fort jolie. On en était au temps des fouilles et des relevés. La collecte de la journée – des pierres ou d'autres objets – était soigneusement répertoriée. Le soir, quand les ouvriers se préparaient à quitter le chantier, les quelques contremaîtres faisaient le point avec l'architecte, quand il était là, et ses collaborateurs. On dressait la liste des trouvailles de la journée, on prévoyait la tâche du lendemain. Or, un soir...

Le chapelier baissa la voix.

— Un soir, il s'est passé quelque chose d'étrange. À l'issue de cette réunion, un mot d'ordre a été donné à tous les ouvriers : pas question de revenir le lendemain, le chantier était suspendu pour trois jours. Aucune autre explication que « congé spécial accordé par l'Empereur » !

« Le plus étonnant, c'est que cette consigne n'avait pas été donnée par Ebhardt, qui était là pourtant, mais par cette jeune historienne. Or, elle n'avait, en principe, qu'un rôle d'expert. Les ouvriers ont pensé – c'est ce qu'ils m'ont dit en tous cas – que, parmi les objets retrouvés dans la journée, l'un devait avoir une certaine valeur et qu'on ne leur faisait pas confiance. On les écartait donc, sans doute le temps d'envoyer cet objet à Berlin, pour éviter les accusations de pillage.

Holmes se pencha en avant :

— Monsieur Nonnenmacher, que savez-vous exactement de cet objet ?

— Hélas, à peu près rien. Comme vous le pensez, j'ai enquêté. Mais ces événements dataient de 1902. Je les apprenais sept ans après. C'était déjà une difficulté. J'en ai trouvé une autre, inattendue et troublante.

— Dites !

— Dans les quatre semaines qui ont suivi cette découverte, trois ouvriers sont morts. Deux sur le chantier, un chez lui. Pour les deux premiers, il s'agissait apparemment d'accidents du travail : l'un avait chuté d'un rempart, l'autre avait été écrasé par la locomotive du petit train à vapeur installé pour le chantier. J'ai pu vérifier le journal que tenait Ebhardt : ces deux morts sont clairement, à ses yeux, accidentelles.

— Et le troisième ?

— Le troisième est mort après une forte fièvre. J'ai pu voir sa veuve : elle dit qu'il avait été pris d'un « mal diabolique »,

que le médecin était désemparé, qu'il n'a rien pu faire, et que son mari a été emporté en quelques jours. Mais, une chose est claire et je l'ai vérifiée : les trois ouvriers morts faisaient équipe le jour qui a précédé la suspension du chantier...

Je levais la main pour intervenir :

— Vous pensez qu'on a voulu les faire taire sur leur découverte de ce jour-là ?

— En effet, docteur ! J'ai enquêté des semaines et je suis arrivé à la conclusion que quatre personnes – peut-être cinq – savaient ce qui avait été trouvé : les trois ouvriers, la jeune historienne et, peut-être, l'architecte. Je dis peut-être, car je comprends mal qu'il n'en ait jamais parlé ensuite. Après ces trois décès – qui sont donc peut-être des crimes – il ne reste...

— Que cette énigmatique jeune femme ! coupa mon ami. Elle a en tous cas joué un rôle-clef. Elle est encore au château ?

— Elle y passe le plus clair de son temps. Et elle fait parfois des allers-retours à Berlin. Elle a un petit bureau dans le château – mais elle dort à l'hôtel. Elle sort peu. Rares sont les Alsaciens qui peuvent affirmer l'avoir croisée...

Holmes inspira profondément, prit la petite boîte plate dans laquelle il rangeait ses cigarettes. Il en sortit une. Nonnenmacher leva les yeux au ciel :

— Désolé, monsieur Holmes, mais notre ami le conservateur deviendrait fou s'il savait que quelqu'un fume ici. Tous ces livres, ces manuscrits... Vous comprenez ?

Holmes prit un air pincé, mais rangea sa boîte.

— Nous questionnerons l'architecte demain. Quant à cette jeune femme, nous verrons bien si elle est au château.

Mais, dites-moi, monsieur Nonnenmacher, les trois ouvriers n'avaient-ils rien dit avant leur décès ?

— Les deux tués sur le chantier, non ! Ou alors, personne n'a compris leurs propos. En revanche – et c'est le plus troublant dans cette étrange affaire – le troisième avait dessiné...

— Dessiné ? s'étonna Holmes.

— Oui, dessiné. Dans le délire que provoquait sa fièvre, il ne parlait que de façon incohérente. Mais dans ses dernières heures, m'a raconté sa veuve, il avait retrouvé un peu de calme. En revanche, il avait perdu la voix et il était très affaibli. Il lui a demandé, par gestes, du papier et une plume. Et là, malgré ses tremblements, il a dessiné un petit croquis, qu'il lui a laissé. Il est mort moins de deux heures après.

— Et ce croquis ?

— La veuve me l'a donné. Le voici, monsieur Holmes !

Notre espion-chapelier sortit de la coiffe de son couvre-chef un petit document et le déplia soigneusement. Nous étions fébriles. Sur la feuille, on avait tracé, d'une main malhabile, une sorte de plan en forme de croix.

— Une église ? s'interrogea Holmes.

— Je le pense aussi, répondit Nonnenmacher. Peut-être Saint-Georges ou Sainte-Foy[1], je l'ignore, le schéma est trop sommaire, et il n'y a pas d'échelle. Mais il y a aussi ça.

D'un doigt, il désigna une petite flèche que l'ouvrier mourant avait dessinée au centre de la croix. Elle semblait indiquer la croisée du transept. Juste à côté, il avait écrit péniblement quelques mots.

— Cela paraît être de l'allemand ? m'exclamai-je.

---

[1] Sainte-Foy, église romane du XIIe siècle, et Saint-Georges, église gothique du XVe siècle, sont les deux plus belles églises de Sélestat.

— *Jesses, sie ìsch fàlsch ùn sie wìsse's nìtt* ! C'est de l'alsacien. Je crois l'avoir déchiffré malgré cette écriture tourmentée. Cela veut dire très exactement: « Mon Dieu, elle est fausse et ils ne le savent pas. »

Holmes releva la tête :

— Très intéressant. Pouvez-vous me confier ce document ?

— Il est maintenant à vous. Je disparais de cette histoire et je retourne à mes chapeaux, messieurs.

Holmes replia soigneusement le document et le glissa dans la poche intérieure de sa veste.

— Un mot encore, cher monsieur Nonnenmacher : les autorités françaises ont suggéré que cet objet mystérieux trouvé au Haut-Kœnigsbourg pourrait avoir un intérêt militaire. D'où vient cette hypothèse ?

— Oh, c'est très simple. C'est moi qui la leur ai soufflée. Car je peux l'affirmer : depuis neuf ans, à chaque fois que l'Empereur vient au Haut-Kœnigsbourg, il est accompagné de plusieurs de ses généraux et d'ingénieurs réputés. C'est mon travail, j'ai fait le compte des visites et des visiteurs : depuis ces fameux jours de 1902, les plus hautes autorités militaires du IIe Reich sont toutes passées ici. À chaque fois, il se tient une réunion secrète au château. Le reste – les réceptions, les concerts, les promenades en automobiles –, c'est pour amuser la galerie. Là-dessus, je suis formel : le Haut-Kœnigsbourg est devenu une annexe de l'état-major personnel du *Kaiser*. Y a-t-il un lien avec la découverte d'octobre 1902 ? Je vous assure que je donnerais beaucoup pour le savoir ! »

Chapitre V

La soupe de l'architecte

Hans Nonnenmacher nous avait conseillé de descendre à l'hôtel du Haut-Kœnigsbourg, à quelques centaines de mètres en contrebas du château. Sur ses indications, après un trajet en train de Sélestat à Saint-Hippolyte, nous nous y fîmes emmener par la charrette d'un paysan. Celui-ci eut la bonne idée de boire un verre avec les patrons et donc de nous accompagner dans l'hôtel. Fort heureusement, car il nous fallut presque aussitôt repartir. Toutes les chambres étaient réservées dès le lendemain soir. « Par l'Empereur et sa suite », nous confia l'hôtelière, sans se faire prier. Elle était rouge de fierté.

Comme nous envisagions de loger dans les environs plusieurs jours, elle nous recommanda plutôt un confrère, qui tenait l'hôtel-restaurant Schaentzel, près de ce même petit village de Saint-Hippolyte où se trouvait la gare. La charrette nous y reconduisit assez vite. Depuis cette forte bâtisse, construite à environ 600 mètres d'altitude, on pouvait apercevoir le Haut-Kœnigsbourg.

L'hôtelier, un certain Meyer, nous expliqua que le nom de son établissement, le Schaentzel, était lié au château : au sommet du Schaentzelkopf, tout près, se trouvaient en effet les restes d'une enceinte militaire (un *Schanz*) construite par les troupes suédoises lors du siège de 1633.

Pendant que nous parlions, un jeune garçon, d'une douzaine d'années, vint se planter devant nous.

— Mon fils Jules, expliqua l'hôtelier. Laisse donc ces *gentlemen* tranquilles, Jules !

Je m'interposai :

— Oh, laissez. Il ne nous dérange pas !

Le gamin s'approcha de mon ami :

— Monsieur, est-ce que c'est vrai que vous êtes Sherlock Holmes ?

Holmes, étonné, se pencha vers lui :

— Oui, c'est vrai. Mais tu me connais ?

— Oh oui, monsieur. Je lis tout ce que vous faites, quand ça existe en français. Car je parle bien français, vous entendez ! Plus tard, je serai détective, comme vous !

Holmes sourit :

— Tu sais, je ne suis plus détective. Je suis à la retraite, maintenant... J'élève des abeilles et je range des livres.

— Oh, je ne vous crois pas : si vous êtes ici, c'est pour une enquête secrète. Mais je ne dirai rien aux *Schwowe*.

— Il veut parler des Allemands, traduisit son père.

Le garçon avait les yeux brillants.

— Monsieur Holmes, je pourrai vous aider ?

— Je te dis que je n'enquête pas. Mais si j'en ai besoin, je te promets de faire appel à toi...

Le gamin repartit, radieux.

Les chambres, propres mais sans élégance, étaient l'une face à l'autre. Après avoir rangé mes affaires, j'allai frapper à la porte de Holmes. Il était assis devant la fenêtre et nettoyait la semelle de ses bottes, sans égard pour la boue séchée qu'il laissait tomber sur le parquet de la pièce.

— C'est une extraordinaire coïncidence, Holmes. Guillaume II sera là demain soir...

— Ce n'était pas complètement une découverte, Watson. Quand nous sommes sortis de la gare de Saint-Hippolyte, n'avez-vous pas aperçu le cheminot qui apportait des drapeaux roulés ? Qui d'autre que l'Empereur pourrait justifier qu'on pavoise une petite gare alsacienne pour son arrivée ?

— Décidément, vous avez l'œil, cher ami. Croyez-vous que nous arriverons à voir Guillaume II ? Croyez-vous surtout qu'il se souvienne de nous ?

— C'est assez probable, mais il ne le dira pas en public. Il est aujourd'hui le *Kaiser*, et non plus ce roitelet que nous avons aidé en 1888 à éviter le scandale. Plus que mon travail alors – qui m'a laissé un goût d'inachevé –, c'est votre discrétion, Watson, qui devrait lui inspirer de la gratitude. Vous avez été bien bon d'attribuer à un imaginaire roi de Bohême ce qui est arrivé à un authentique héritier du trône de Prusse et de l'empire allemand, l'année même où il allait accéder à ces hautes fonctions...

Je rapporte aujourd'hui ces propos, que le lecteur découvrira sans doute avec une certaine surprise. Il se souvient que j'ai évoqué, dans *Un scandale en Bohême*[1], l'enquête que fit Holmes pour un mystérieux comte von Kramm, descendu à Londres. Holmes avait tout de suite percé sa véritable identité. Mais la discrétion et la diplomatie m'avaient amené à le présenter alors sous un autre pseudonyme, celui d'un grand-duc Wilhelm Gottsreich Sigismond von Ormstein, roi héréditaire de Bohême. C'est à cette occasion, le lecteur s'en souvient peut-être, que le chemin de mon ami croisa celui de feue Irène Adler, vivant alors à Londres et qui fit sur lui une si forte impression.

---

[1] *Un scandale en Bohême* (SCAN) dans "Les aventures de Sherlock Holmes"

Aujourd'hui qu'Irène Adler n'est plus et que l'ex-empereur Guillaume II est en exil aux Pays-Bas, je puis enfin dissiper ce rideau de fumée. Oui, ce fut bien le futur Guillaume II que Holmes sauva du scandale à la fin du siècle dernier. C'est bien de ses mains qu'il reçut en cadeau la photo d'Irène Adler et une tabatière précieuse. Je crois qu'il a égaré la tabatière, mais je sais que la photo, elle, n'a jamais été loin de ses yeux...

— Nous en discuterons avec Bodo Ebhardt. L'architecte a l'oreille de l'Empereur, conclut mon ami. Voulez-vous que nous allions dîner, Watson ? Il vaut mieux le faire tôt si nous ne voulons pas que la fraîcheur du soir nous chasse de cette belle salle à manger en terrasse...

Le lendemain matin, après un solide petit déjeuner, nous prîmes à pied le chemin du château. L'architecte nous attendait à dix heures, ce qui nous laissa le temps d'apprécier les sous-bois vosgiens et les beaux points de vue sur la plaine d'Alsace qu'entrouvraient de temps en temps les rideaux de sapins. Malgré nos âges, Holmes et moi, habitués à arpenter le pavé londonien, n'étions pas trop essoufflés par la montée.

Nous étions à l'heure. Un grand homme, plutôt corpulent, à la barbiche taillée en carré, coiffé d'un chapeau de feutre, nous attendait. À l'évidence, c'était Bodo Ebhardt. Il fit quelques pas vers nous.

— Monsieur Holmes, docteur Watson, je suis ravi de vous accueillir au château du Haut-Kœnigsbourg. Mon vieil ami Charles Muller n'avait pas besoin de vous recommander : vos exploits ne me sont pas inconnus et j'ai pu les lire en langue anglaise. Je trouve que vous avez tout à fait raison de vous intéresser à la reconstruction des châteaux médiévaux : c'est une question qui me passionne aussi, vous le voyez !

Bodo Ebhardt fit un geste solennel en direction des murailles. Sous cet angle en effet, le château était impressionnant. J'aperçus, au-dessus de la porte d'honneur, des armoiries sculptées dans la pierre. L'architecte avait suivi mon regard :

— Les Habsbourg, pour Charles Quint ! Les Hohenzollern, pour notre *Kaiser* ! C'est toute l'histoire du château, de l'Allemagne, de l'Europe, qui est ici abrégée dans la pierre, messieurs. Mais, dites-moi, de combien de temps disposez-vous ? Je vous propose une visite, et puis nous irons déjeuner ensemble. Je me fais souvent servir dans l'enceinte même du château.

— Excellente idée ! approuva Holmes. Monsieur Ebhardt, enchaîna-t-il, je suis très intrigué par votre travail ici, je ne vous le cache pas. Et j'ai hâte de découvrir comment vous avez œuvré pour relever ces ruines.

Flatté, Ebhardt nous invita à le suivre.

Durant la longue visite du château, il apparut comme un homme tout à fait civil. Visiblement, il ne se méfiait pas de nous. La reconversion de Sherlock Holmes en amateur de vieilles pierres ne l'étonnait pas, peut-être parce que c'était sa propre passion : quand on est abusé, c'est souvent par soi-même.

Disert, même bavard, Bodo Ebhardt nous expliqua sa démarche, la façon dont il avait tenté de retrouver, sinon la lettre, en tous cas l'esprit du château du XVe siècle. Il nous raconta comment il avait fait rechercher dans toute l'Europe des documents anciens, des gravures, des manuscrits, comment il s'était inspiré de châteaux contemporains de celui-ci et comment, parfois, il lui avait fallu échafauder des hypothèses.

Dans une cour, où avaient été alignées des pierres anciennes retrouvées par les ouvriers et qu'ils n'avaient pu réemployer, il nous parla du déblaiement et des fouilles, qui avaient pris presque deux ans au début du chantier.

— Vous avez dû retrouver bien des objets anciens ? questionna Holmes, le pied sur un débris de sculpture.

— Surtout des pierres. Une montagne de pierres. Trop souvent abîmées pour être réintégrées dans la construction. Vous en voyez quelques-unes ici. Certaines ont été recopiées, comme la clef de voûte de mon escalier : vous le verrez tout à l'heure.

— Ce château a été longtemps habité : vous avez trouvé aussi des vestiges de cet habitat ?

— En effet : de la vaisselle, des armes, des poutres, des pièces de monnaie que sais-je ? En tout trente-trois mille objets de toutes tailles, tous répertoriés dans nos registres, s'exclama notre guide.

Holmes se baissa vers une pierre, frôla de la paume la moulure qu'on y voyait :

— Tout cela est resté ici ?

— À peu près. Ma tâche, c'était les pierres, les pièces de bois, les verreries, les céramiques, bref tout ce qui pouvait permettre d'imaginer "mon" château, extérieur et intérieur. Pour le reste, j'étais assisté d'une collaboratrice très efficace, Xenia – vous la verrez peut-être –, qui faisait chaque jour le point avec les ouvriers. Elle a envoyé quelques pièces à Berlin, quand elles justifiaient une présentation dans l'un ou l'autre de nos musées.

— Vous n'avez pas eu de vols ?

— Oh, monsieur Holmes, vous ne poseriez pas cette question si vous connaissiez mieux l'Alsace ! Les ouvriers ici sont travailleurs et honnêtes. Je suis à peu près sûr que rien n'a été volé au château... D'ailleurs, pour les plus belles pièces, nous leur donnions quelques *Pfennigs*. Et puis, même si nous en avons un peu rêvé, nous n'avons trouvé ici aucun trésor !

Mon regard croisa celui de Holmes. Mon ami ne laissait rien paraître qu'un intérêt poli.

Dans la cour basse du château, nous constatâmes que nous n'étions pas seuls à le visiter. Malgré l'heure matinale, plusieurs petits groupes étaient là, autour d'anciens ouvriers du chantier qui leur décrivaient les bâtiments dans leur dialecte local.

— Le château est devenu une attraction, souligna Ebhardt, qui avait compris notre interrogation. Pendant le chantier, il y avait tellement de visiteurs qu'il a fallu y mettre bon ordre. Nous avons organisé les circuits, fixé un droit d'entrée : avec l'argent ainsi collecté, j'ai pu créer une caisse spéciale pour indemniser les ouvriers accidentés ou leurs veuves...

— Vous avez eu des accidents sur le chantier ?

— Quelques-uns, hélas, dont plusieurs décès. Vous savez, on a beau prendre toutes les précautions nécessaires pour protéger les ouvriers, le destin trouve toujours son chemin. Le plus effroyable, je m'en souviendrai toujours, a touché un jeune apprenti en 1902. C'est Hilda qui l'a tué.

— Hilda ?

— Oui, notre locomotive ! Vous avez remarqué les rails ? Tous n'ont pas encore été enlevés. Pendant tout le chantier, nous avions un petit train à vapeur pour transporter les matériaux et les outils. Hilda, c'était une locomotive de cinq tonnes, construite à Düsseldorf : il a fallu dix chevaux pour la faire grimper de la gare de Sélestat au sommet de la montagne ! Elle a fait du bon travail, ensuite. Mais cet accident a endeuillé le chantier.

— Le jeune homme avait été imprudent ?

— Pas vraiment. C'est l'équipe de surveillance de la locomotive qui a failli. Cet apprenti avait été chargé d'enlever des gravats qui obstruaient la voie. Et pendant qu'il maniait la pelle, la machine a commencé à rouler sur la pente. Le frein avait-il été mal serré ? A-t-il lâché ? On ne l'a jamais su. Quand la locomotive est arrivée sur lui, l'ouvrier est resté immobile, paralysé par la peur ! Quelle horrible histoire ! Quelques jours plus tard, un ouvrier plus âgé était écrasé par une pierre tombée d'une muraille. Une vraie série noire !

Bodo Ebhardt s'épongea le front avec un mouchoir à carreaux.

Pendant qu'il parlait, nous nous étions engagés dans les logis, au cœur même du château. Mes souvenirs sont aujourd'hui un peu imprécis, mais je me rappelle très bien la petite cour centrale, d'où l'on voyait, en levant les yeux, un rectangle de ciel bleu. L'escalier qui menait aux étages du logis était étonnant, installé dans une tourelle hexagonale aux fenêtres ouvragées. Celle-ci m'évoquait certaines des tours de notre Parlement, au bord de la Tamise.

Pendant que nous grimpions l'escalier, l'architecte pointa un doigt vers le haut. Au sommet, une sorte de dieu barbu nous dévisageait.

— Je vous avais promis la clef de voûte. La voilà. C'est à Berlin qu'a été recopiée celle que nous avions trouvée, et qui était fendue en deux. Vous voyez : comme l'original, la copie porte un curieux visage. J'ignore qui est cette divinité – peut-être Silène, le précepteur de Bacchus, un prophète, ou alors un petit dieu du fleuve ou de la montagne – mais je l'ai voulu ici : il a l'œil, il surveille le passage. Peut-être vous a-t-il reconnu, Monsieur Holmes ?

— Je n'ai pas le souvenir de l'avoir déjà croisé, sourit mon ami.

— Mais il ne vous oubliera plus, croyez-le ! rétorqua Ebhardt.

Je ne lasserai pas le lecteur en décrivant en détail une visite que je l'invite plutôt à faire lui-même. Le château, devenu un monument national après le retour de l'Alsace-Lorraine à la France, est en effet de nouveau ouvert au public. Mon récit d'aujourd'hui, je m'en avise soudain, pourrait d'ailleurs y accroître le nombre de curieux.

Mais n'anticipons rien. Pendant que nous parcourions les pièces des logis, curieusement meublées comme si les occupants étaient juste sortis pour quelques heures, Holmes avait ce regard d'aigle auquel rien n'échappe, que je lui ai si souvent connu. Je me souviens qu'à un moment, dans une grande salle, plus haute que les autres – la salle du *Kaiser*, d'après mes notes – il questionna Ebhardt sur des tracés dessinés sur les murs :

— Vous allez les peindre ?

— Moi, non ! Mais en effet, il est prévu de décorer cette pièce de fresques. Le choix de l'artiste est fait, et il n'est en rien secret. Ce sera un Alsacien. Il s'appelle Léo Schnug. L'Empereur l'apprécie. C'est lui qui avait dessiné les costumes de l'inauguration, l'année dernière...

J'intervins :

— On nous a dit que ces déguisements avaient pris la pluie !

— Docteur, vous avez tout à fait raison, hélas. Ce 13 mai 1908 a été un vrai jour de déluge. Nous avons joué de malchance. Que voulez-vous ? Ni les empereurs ni les architectes ne commandent le temps qu'il fait. Schnug était assez dépité d'ailleurs de voir tous ses costumes médiévaux complètement détrempés. Heureusement qu'il avait en tête ces projets de peinture !

Ebhardt nous montra les murs de la salle :

— Il a, vous le voyez, déjà esquissé ses sujets : d'un côté, ce sera le siège du château au XVe siècle, de l'autre il va peindre une grande joute. Au plafond, ce sera l'aigle impériale, bien sûr. Et Schnug a plein d'idées pour le moindre espace au mur ou au plafond. Il m'a même dit que j'aurai mon portrait au mur, voyez-vous, ma modestie dût-elle en être froissée... Mais tout cela doit encore être soumis à l'Empereur l'an prochain.

Holmes s'approcha du mur, là où l'on devinait la scène de tournoi évoquée par Ebhardt.

— Curieux, très curieux, même, murmura-t-il.

Il se retourna vers Ebhardt.

— Le *Kaiser* n'a pas encore donné son avis, dites-vous ?

— Son aval non ! Son avis, un peu quand même. Il est prévu de lui montrer des cartons, mais il a déjà fourni des indications à Leo Schnug. Ce qui est ébauché ici est, je pense, conforme à certaines d'entre elles.

Holmes sortit sa loupe, et la promena lentement sur une partie du dessin. Ebhardt semblait étonné.

— Ce n'est qu'un premier jet, Monsieur Holmes, vous savez. Qu'est-ce qui vous intrigue ainsi ?

— Non, rien, je me demandais simplement si ces murs avaient été peints autrefois.

— À vrai dire, nous l'ignorons. Ici, je dois reconnaître que nous avons un peu innové. Vous l'avez vu, nous avons rehaussé la salle, pour lui donner de la lumière et de la solennité, en supprimant un niveau.

Holmes montra avec sa canne des consoles de pierre à mi-hauteur :

— Je suppose qu'il y avait là un plancher ?

— Il y en avait eu un, à l'évidence. Mais il s'était effondré depuis longtemps. Nous ne l'avons réinstallé que sur une petite largeur, pour créer une tribune : cela permet d'installer pour certaines réceptions un orchestre de chambre. Nous autres, Allemands, aimons beaucoup la musique.

— Mais outre-Manche aussi, cher monsieur, nous savons apprécier les compositeurs allemands... Wagner, bien sûr ;

mais je tiens aussi Richard Strauss pour capable de faire de grandes choses. Sa sonate pour violon et piano contient de fort beaux passages... Vous savez que je touche un peu le violon ?

En parlant, Holmes avait remis sa loupe dans sa poche. Il s'approcha d'un petit meuble installé près d'une des portes de la salle. Dans une boîte ouvragée, au couvercle de verre, était posée une grande clef, décorée, notamment, d'un aigle et d'un grand "W".

— Tiens, tiens. Le "W" pour Wilhelm, je pense. C'est la clef du château ?

Ebhardt s'approcha.

— La clef officielle, oui. Celle qui fut remise à l'Empereur l'année dernière par le maire de Sélestat lors de l'inauguration du Haut-Kœnigsbourg. Elle tourne dans la serrure du portail d'honneur. Le sous-secrétaire d'Etat Zorn de Bulach a utilisé cette clef pour accueillir l'Empereur en son château. Elle ouvrait une belle histoire, messieurs !

Holmes prit l'air songeur :

— Un rêve, peut-être ?

Ebhardt eu l'air un peu désappointé.

— Vous voulez évoquer ainsi notre goût pour le Moyen Âge ? C'est un rêve si vous voulez. Mais notre rêve est devenu réalité, avec un château reconstruit de vraies pierres, et il est protégé par un empire installé pour mille ans au moins !

Holmes, qui réfléchissait visiblement à autre chose qu'à sa conversation, se retourna vers l'architecte.

— Excusez-moi, j'étais distrait. Je voulais dire simplement que devant ce château merveilleux, nous sommes tous, de l'Empereur au simple visiteur, comme des enfants qui rêvent, qui se racontent des histoires de fées, de dragons, d'elfes ou de chevalerie !

— Je comprends bien. Mais j'insiste : ce n'est pas seulement un témoignage du passé, c'est un bâtiment du présent. Nous sommes au XXe siècle, dans ce château…

En parlant, nous avions franchi la porte sous la tribune aux musiciens. Craignant que Holmes se perde dans ces échanges philosophiques, je tentai de le ramener vers des sujets plus terre-à-terre.

— Tiens, en parlant de dragon !

Au-dessus de nos têtes se balançait en effet un dragon. Un petit quadrupède à la longue gueule menaçante et aux ailes repliées. Ebhardt s'amusa :

— Un dragon, oui. C'est le Graouly, vous en avez entendu parler ?

— Pas du tout.

— C'est le dragon de Metz. *Gräulich*, en allemand, signifie « monstrueux ». Il appartient à la légende de la capitale de Lorraine, désormais l'un des joyaux de notre *Reichsland*. Ce dragon aurait été noyé au IIe siècle par saint Clément, le premier évêque de la cité. Dans l'imaginaire collectif, il symbolise évidemment le paganisme combattu par le christianisme. Une statue du Graouly existe dans la crypte de la cathédrale messine. Celui-ci en est le petit frère : la ville de Metz en a fait cadeau à notre empereur comme d'ailleurs de tous les meubles de cette pièce. Nous l'appelons donc la chambre Lorraine…

Holmes se planta face au dragon :

— Il n'a rien de monstrueux. Il ne ferait pas de mal à une mouche.

— Je suis bien d'accord, Monsieur Holmes. Mais figurez-vous que nos ouvriers ne l'aiment pas. Ils détestent entrer seuls dans cette chambre, et ne toucheraient pas au Graouly pour tout l'or du monde. Des adultes pourtant, et en plein XXe siècle, vous imaginez ! Là, nous ne sommes pas dans le rêve, mais plutôt dans le cauchemar : les vieilles peurs de l'enfance sont encore tapies au fond du cœur de l'homme mûr...

Je soupirai. Décidément, Ebhardt et Holmes avaient choisi d'échanger des propos philosophiques. Je ne sentais guère notre enquête avancer. Je craignais que le déjeuner soit, lui aussi, un assommant bavardage d'intellectuels.

Quelques heures plus tard, ayant repris le sentier, nous faisions une pause dans une clairière ensoleillée. Holmes m'avait, en fait, joué un tour de pendard. Il était resté quasiment silencieux pendant tout le repas, repas partagé dans une petite cahute de bois où l'architecte avait fait installer quelques meubles.

Malgré le temps plutôt doux, nous avions eu de la soupe. Vieille habitude de Brême, sa ville d'origine, avait expliqué Ebhardt. Il s'agissait de *Kripp*, une sorte de porridge dans lequel nageaient des abats de viande et de la couenne de lard, et qu'accompagnaient de gros cornichons sucrés et des pommes de terre.

De ce plat, Ebhardt semblait d'ailleurs avoir fait plus qu'une habitude : un symbole. Je le supposai quand il nous montra, au café, quelques anciennes photographies du chantier. Sur l'une d'elles, il était sous un parapluie, un verre de vin à la main, avec une soupière posée devant lui à même le sol. On y devinait le *Kripp* brêmois...

Comme s'il avait surpris mes réflexions, Holmes me demanda tout à trac :

— Vous n'avez guère aimé la soupe de notre ami ?

— En effet, elle me reste sur l'estomac. Mais comment diable avez-vous deviné que j'y repensais, cinq heures après ?

— Ce n'était pas sorcier, Watson. Pendant que nous reprenions notre souffle, vous avez remarqué, il y a quelques minutes, qu'il restait des miettes de notre repas sur votre manche de veste et vous les avez balayées. À ce moment-là, votre regard s'est porté sur cette petite tache de soupe sur votre manche de chemise. Vous avez soupiré. J'ai pensé dans un premier temps que c'était à cause de la nécessité de faire blanchir votre chemise à l'hôtel. Mais vous avez ensuite porté votre main sur la poche de poitrine de votre veste, là où vous avez glissé tout à l'heure la carte de Bodo Ebhardt. J'en ai déduit que vous vous souveniez qu'il était de Brême et nous avait servi une spécialité de sa ville natale. Votre légère grimace m'a suffi à comprendre que vous n'aviez pas aimé cette *Kripp*, ce que votre éducation, il y a quelques heures, nous avait caché.

— Parce que vous avez apprécié ce potage, Holmes ?

— Pas vraiment. Mais c'est roboratif, et les cornichons aigre-doux étaient, ma foi, plutôt savoureux.

J'allais pour demander à mon ami ce qu'il avait déduit de plus sérieux de notre visite du château – qui s'était prolongée tout l'après-midi – et de l'entretien avec l'architecte de sa restauration. Mais il se leva brusquement, comme s'il avait compris mon intention et voulait éviter de faire le point d'une enquête à son goût trop sommaire. Je lui emboîtai le pas. Quelques minutes plus tard, nous arrivions à l'hôtel du Schaentzel, juste à temps pour le dîner. Il fut, ma foi, plus agréable que le déjeuner.

Fatigués de la marche, nous écourtâmes notre soirée. À l'étage, une surprise nous attendait : quand, dos à dos, nous ouvrîmes chacun la porte de notre chambre, nous poussâmes le même cri étouffé. Chez Holmes comme chez moi, la pièce était dans un indescriptible désordre, nos valises ouvertes, nos effets dispersés. À l'évidence, nous avions été cambriolés.

Chapitre VI

Une curieuse extrême-onction

Holmes, en cette circonstance, fit preuve de cet étonnant sang-froid que je lui ai si souvent connu. Il se tourna vers moi :

« Watson, cher ami, voulez-vous avoir l'obligeance de ne toucher à rien et de rester dans le couloir ? Je voudrais rapidement vérifier quelques points… Puis-je m'autoriser à pénétrer dans votre chambre ? »

Je lui donnai bien sûr mon accord. Il examina d'abord la serrure, entra, et regarda avec soin mes bagages étalés dans un désordre indescriptible sur le lit, la chaise, le sol. Il scruta la fermeture de la fenêtre – une espagnolette à l'allemande – l'ouvrit, se pencha à l'extérieur, puis passa dans la salle d'eau. Il monta sur une chaise, scruta le plafond. Ressortant brusquement, il fit le même examen minutieux dans sa propre chambre, pendant que je le suivais du regard depuis le couloir. À un moment, je le vis plonger, tendre le bras sous le lit et en rapporter ce qui me parut être un minuscule bout de papier. Avec son rasoir, il gratta délicatement quelques miettes de pâte blanchâtre déposées sur le sol, et les poussa sur une feuille de papier. Il la replia puis la glissa dans la poche de son gilet.

Il se redressa de toute sa longueur et se jeta dans le fauteuil.

— Très bien ! Voilà qui est plus instructif qu'une journée entière au château. Asseyez-vous, Watson !

— Ne devrions-nous pas prévenir l'hôtelier ?

— Cela attendra demain ! Il ne peut rien nous apprendre de plus. Il n'aura rien vu, rien entendu, et n'aura aucun soupçon.

Je m'étonnai :

— Comment pouvez-vous en être si sûr, Holmes ? Peut-être est-il de mèche ?

— J'en serais très étonné, Watson. Asseyez-vous, j'insiste.

— Mais attendez, je veux quand même vérifier ce qui m'a été volé...

— Rien ! Rien ne vous a été volé, je vous l'assure. Pas plus qu'à moi. Je vais vous expliquer.

Et, avec une certaine brusquerie, Holmes me désigna le second fauteuil. Résigné, je m'y installai. Il joignit les mains et pris une profonde inspiration :

— Watson, nous ne sommes pas seuls à chercher un secret militaire ou diplomatique au Haut-Kœnigsbourg. D'autres cherchent la même chose sur le même terrain. Et je peux vous dire qu'ils ne travaillent ni pour la Triple Entente, ni pour le *Reich*. Ils prennent leurs ordres à Rome.

— À Rome ?

— Plus exactement dans la Cité du Vatican. Nos visiteurs du soir étaient des prêtres, Watson, des diacres ou des séminaristes, en tous cas des clercs. Ils nous soupçonnent d'être plus avancés qu'eux, d'avoir déjà récupéré un objet au château. Ils donneraient beaucoup pour l'avoir. Mais ils n'ont pas trouvé ici ce qu'ils cherchaient et sont repartis sans avoir rien pris.

— C'est trop fort ! Comment le savez-vous ?

Holmes me désigna la fenêtre :

— La première question était : par où nos visiteurs – car ils étaient plusieurs – sont-il passés ? Pas par les fenêtres, toutes deux closes. Pas par les portes, où l'on ne voit aucune marque d'effraction. Les vasistas des salles de bains sont trop étroits, même pour des enfants. Restaient le sol ou le plafond. Eh bien, Watson, c'était le plafond.

— Le plafond ?

— J'avais été intrigué par des marques sombres sur les baignoires de nos salles de bains, chez vous comme chez moi. Or nos chambres sont au troisième étage, et légèrement mansardées. Le toit est classiquement triangulaire, et assez pointu, dans ce pays où la neige, l'hiver, peut être abondante. Il y a donc vraisemblablement un grenier au-dessus de nos têtes. En examinant les plafonds de nos salles de bains, j'y ai vu des trappes. Je suis persuadé qu'à l'extrémité du bâtiment, nous trouverons une lucarne ouverte ou un œil-de-bœuf cassé. Nos visiteurs sont entrés par là, avec la longue échelle que vous trouverez couchée dans l'allée. Ils ont parcouru le grenier jusqu'aux trappes de nos salles de bains, en calculant la distance. Et ils sont descendus les uns après les autres en prenant appui sur le rebord du tub. Ils ont essuyé les traces de leurs multiples pas, laissées par la poussière du grenier, mais imparfaitement. Ils sont remontés à l'aide d'une corde qu'ils avaient laissé pendre, sans doute accrochée à une poutre : on voit dans la poussière la trace du frottement de cette corde. Simultanément, une autre équipe faisait de même dans la seconde chambre : vous y trouverez à peu près les mêmes traces.

— Bravo, Holmes ! Mais comment avez-vous déduit qu'il s'agissait de prêtres ?

— C'était un peu plus compliqué. Regardez.

Holmes sortit de sa poche la feuille pliée. Il l'ouvrit : les débris blanchâtres, de petite taille, ressemblaient à...

— De la cire ! Holmes, c'est de la cire !

— En effet ! Des miettes de cire froide. À l'évidence, l'un des visiteurs en avait sur ses vêtements. En passant de la salle de bains dans la chambre, il a été gêné, peut-être par un acolyte, et il a raclé le coin de l'armoire. Une petite quantité de cire est tombée au sol. Réfléchissez : qui peut avoir de la cire sur la manche, dans cet hôtel éclairé à l'électricité ? Et à l'heure de midi ? Vous avez lu Voltaire ?

— Un peu...

— Quand il ironise sur ceux qui allument des cierges en plein midi, il parle des prêtres. J'y ai pensé immédiatement : de la cire sur la manche, cela signait la présence d'un officiant. Aucune femme n'avait remarqué sa veste tachée au déjeuner : le ministre du culte était donc célibataire, ce qui écarte l'hypothèse d'un pasteur protestant. Je vois mal un prêtre lancé dans cette expédition coupable avec un groupe de paroissiens, auquel il aurait fallu justifier cette intrusion dans les chambres de respectables sujets de sa majesté britannique... Il s'agissait donc d'un groupe de prêtres, entre eux, en mission secrète et commandée depuis un haut niveau. Mais il les fallait assez jeunes, capable de se hisser à l'aide d'une corde : d'où mon idée qu'il s'agissait de diacres ou de séminaristes agissant sur ordre du sommet de la hiérarchie catholique, donc de la curie romaine !

J'étais stupéfait : l'image de jeunes en soutane fouillant mes affaires me paraissait fort incongrue. J'allais protester, quand Holmes sortit de sa poche le petit bout de papier qu'il avait trouvé sous le lit.

— Regardez Watson : ceci est l'indice le plus important qu'ils nous aient laissé.

Je m'approchai : il s'agissait d'une minuscule bande de

papier bistre. On y devinait un dessin en deux couleurs : moitié ocre, moitié bleu. Sur le fond bleu, une main tenait une croix dont la base était une sorte d'anneau plat. Le reste de l'illustration était perdu.

— Une icône ? demandai-je.

— J'y ai pensé. Cette croix sur un globe rappelle certains christs des Byzantins. Mais ça ne colle pas bien : la disposition des doigts n'est pas celle de l'iconographie orthodoxe. Heureusement, nous avons d'autres éléments : regardez bien, il y a du texte.

Holmes inclina le fragment vers la lumière de la lampe. On devinait en effet quelques lettres. Sur le fond ocre, quatre majuscules : E, R, U et B. Sur le fond bleu, cinq minuscules : r, a, t, o et r.

— "Erub", "Rator" ? Cela ne veut rien dire.

— "Erub", je ne sais pas. Mais "Rator", je pense savoir. C'est du latin, la fin d'un mot qui commence de l'autre côté de la tête du personnage. Pourquoi pas, ce que suggère cette croix, "*Imperator*", l'empereur?

— Guillaume !

— Non, Watson. Du latin ! Sur un document ancien ! Vous avez lu l'histoire du château du Haut-Kœnigsbourg : quel est l'empereur qui y est lié, et dont tout le monde connaît le nom ? Vous l'avez vu à la gare de Strasbourg !

— Barberousse ! Frédéric Barberousse !

Holmes me regarda avec un sourire satisfait :

— Eh oui, Frédéric Barberousse, copropriétaire du Haut-Kœnigsbourg alors même que ce château ne s'appelait encore que le Stauffen. Frédéric Barberousse, mort sur le chemin de la croisade à la fin du XIIe siècle. Frédéric Barberousse qui, selon la vieille légende allemande, serait aujourd'hui un roi endormi attendant son réveil pour reconquérir le monde...

— Je ne vois pas le lien avec nos cambrioleurs...

— Watson, regardez encore. Ces petits traits bleus-noirs, légèrement incurvés, font penser à un cachet, sans doute celui des archives qui conservent l'original de ce dessin. Et ils encadrent...

— Une sorte de chapeau d'évêque !

— Une mitre ? Non, pas vraiment. Il y a trois couronnes dessus.

— Une tiare ! Celle du pape !

— Exactement Watson. Et si, sur un manuscrit, un cachet porte une tiare, c'est que ce document appartient...

— ...aux archives du Vatican ! Fabuleux, Holmes !

— Et nous voilà revenus à nos clergymen-cambrioleurs ! Des clercs qui s'introduisent dans nos chambres, en vrais professionnels, en portant sur eux la reproduction d'une gravure ancienne représentant Frédéric Barberousse. Alors que justement, nous enquêtons sur un château qui fut la propriété de cet empereur. Et que nous y cherchons quelque chose de dangereux pour la paix du monde... Ce bout de document est leur lettre de mission : ils cherchent quelque chose qui a un lien avec Barberousse ! Et leur commanditaire, j'en suis sûr, a ses entrées au Saint-Siège ! »

Je sentais le sommeil me gagner. J'interrogeai encore mon ami :

— Holmes, nous ne savons pas vraiment ce que nous cherchons. Eux, le savent-ils ?

— Watson, vous me faites injure. Mais je ne veux pas trop en dire encore. Eux, j'en suis sûr, en savent beaucoup sur l'objet de notre quête ! Mais pas assez pour le trouver eux-mêmes. La preuve, c'est qu'ils viennent fouiller chez nous... Bien, il nous faut ranger nos affaires, puis nous reposer un peu. Je vous laisse, Watson. Mais je vous rappelle que nous avons un autre dessin à élucider.

— Ah oui, celui de l'ouvrier mort subitement ! L'église avec la petite croix, et cette drôle de phrase en alsacien...

Holmes posa sa main sur la poche de sa veste, où il avait glissé le document confié par Hans Nonnenmacher :

— Demain, je suggère d'aller voir la veuve de cet ouvrier. Lui, il a su. Elle, elle sait peut-être ! Bonne nuit Watson !

Le lendemain, un bon petit-déjeuner nous attendait sur la terrasse couverte. Descendu le premier, j'avais informé l'hôtelier de la « visite » de nos chambres. Il parut très étonné, et surtout scandalisé. Comment avait-on osé pénétrer dans son hôtel ? Il nous garantissait l'honnêteté de tout son personnel. Je ne lui fis aucune part de nos soupçons et lui dit simplement qu'à première vue, on ne nous avait rien volé. Il promit d'alerter la gendarmerie et de nous tenir au courant.

Holmes me rejoignit bientôt, l'air particulièrement détendu. Il se versa une tasse de café noir.

« Watson, voulez-vous bien me passer le journal ? »

Le quotidien local, le *Schlettstadter Tageblatt,* inséré dans un bâton fendu, était accroché au mur, à portée de ma main. Je le passai à mon ami, qui le feuilleta attentivement. Tout à coup, il poussa une sorte de gloussement.

« Ça y est Watson ! Ça y est ! Regardez... »

Il me tendit le journal, le doigt pointé sur une courte information locale de la ville de Sélestat.

— Holmes, vous savez bien que j'ai beaucoup de mal avec l'allemand !

— Ah, j'avais oublié, excusez-moi, Watson. Je vous traduis ces quelques lignes.

Holmes reprit le journal par-dessus la table.

— Voilà ! « *Bahnhof Wanzel* » – c'est le nom d'un village proche qui a aussi une gare – « *Au cours d'une petite cérémonie, la paroisse catholique a salué hier avec regret le départ des douze séminaristes strasbourgeois qui étaient venus faire retraite pendant une semaine dans la commune. Accompagnés de l'abbé Criqui, l'un des directeurs du Grand Séminaire de Strasbourg, ils ont logé dans l'auberge du Danielsrain, ce qui fait grand honneur à la commune de Kintzheim. Les jeunes hommes, en 3e année de formation en vue du sacerdoce, ont participé à des offices dans toutes les paroisses de la vallée. Ils ont aussi travaillé et prié en commun. "Nous sommes ravis de l'accueil des catholiques ici, qui nous a beaucoup touchés", a déclaré l'abbé Criqui. Il a ajouté : "Ce fut pour nous un grand moment de joie, pour lequel nous remercions le Seigneur". Les séminaristes et leur directeur spirituel reprendront le train ce matin après une dernière nuit en Centre-Alsace...* », et cætera et cætera.

— Ce sont les nôtres !

— Cela me semble tout à fait évident. L'adieu avait lieu dans l'après-midi. Ils reprennent le train en ce moment même. Hier soir, ils n'ont pas seulement chanté les vêpres...

Holmes termina sa tasse de café.

— Watson, il nous faudra retourner à Strasbourg demain. Peut-être essayer de voir l'Évêque : je serais surpris qu'il ne soit pas au courant. Et puis aller au Grand Séminaire. Il faut en avoir le cœur net. Pourquoi donc un groupe d'assaut de séminaristes mène-t-il la même recherche que nous ?

L'hôtelier s'approchait de notre table :

— Messieurs, la voiture que vous avez demandée est là. Si je peux me permettre…

— Oui, je vous en prie ?

— Je suis encore désolé de ce qui vous est arrivé. J'ai fait le tour de l'hôtel : je crois qu'ils sont passés par le toit et le grenier. L'œil-de-bœuf au nord était ouvert et un carreau cassé. Mais nous n'avons rien entendu. Nous servions alors le dîner en terrasse…

Holmes leva les bras au ciel, dans un geste plutôt théâtral :

— L'essentiel est qu'ils ne nous aient rien volé !

L'hôtelier reprit :

— Ce qui est étonnant, c'est que ces voleurs n'ont pénétré que dans vos chambres, alors qu'une demi-douzaine sont actuellement occupées. Je n'y comprends rien. En tous cas, je vous assure que nous allons désormais surveiller de près l'hôtel. J'ai demandé à l'un des mes apprentis de faire des rondes…

— Vous savez, ils ne reviendront pas, affirma Holmes.

L'homme le regarda, étonné, ouvrit la bouche, mais se ravisa. D'un geste, il nous désigna la charrette qui nous attendait au pied de l'hôtel.

Nous nous fîmes conduire à Orschwiller. Ce joli petit village d'environ sept cents habitants avait vu souvent son destin lié à celui du château. Parfois pour le pire, comme l'incendie de 1633, et parfois pour le meilleur ; ainsi ce chantier de restauration qui avait donné du travail aux artisans et ouvriers locaux. Il ne fut pas difficile de nous faire indiquer la maison de la veuve Friedrich. Un peu à l'écart, cette petite masure blanche aux typiques colombages alsaciens était particulièrement fleurie.

Notre cocher, entrant dans la cour, alla frapper à la porte pendant que nous attendions devant la barrière. Quelques instants plus tard, une petite dame aux cheveux blancs trottina dans l'allée. Notre cocher prit la parole.

— Madame Friedrich ne parle qu'alsacien. Mais je peux essayer de vous traduire ce qu'elle dit en français, si vous voulez...

Je hochai la tête :

— Je vous en remercie beaucoup, monsieur. Pouvez-vous lui expliquer que nous sommes deux spécialistes britanniques des châteaux-forts, messieurs Holmes et Watson ? Nous savons que son mari, qui est décédé, avait fait du beau travail sur le chantier du Haut-Kœnigsbourg, et nous aimerions en parler un peu avec elle... Si elle veut bien.

Madame Friedrich était prête à parler de ce qu'on voulait. Elle avait déjà commencé, très vite, bousculant les mots de cette belle langue d'Alsace qui sonne comme un allemand léger.

— Elle vous propose de vous asseoir au jardin. Elle vous apporte une bière. Elle dit que cela lui fait du bien de parler du *Charele*.

— *Charele* ?

— Oui, le petit Charles, son défunt mari.

Nous avions contourné la maison. Sous une tonnelle, une table ronde en métal blanc était entourée de quelques chaises. Holmes débarrassa l'une d'elles d'un arrosoir en fer-blanc. Je dérangeai un chat qui somnolait sur une autre. Nous nous installâmes en attendant notre hôtesse.

Elle fut vite là, toujours bavarde et sautillante. Elle posa, sur trois sous-bocks, des chopes de bière et s'assit sur le bord d'une chaise. Nous commençâmes à lui poser quelques questions sur le château, sur le travail de son mari... Le cocher traduisait les questions et les réponses, y ajoutant parfois, à mon avis, des commentaires personnels.

Oui, *Charele* était un très bon ouvrier. Il était maçon. Il s'était spécialisé dans les églises et les abbayes. Il était d'ailleurs très croyant et n'aurait jamais manqué sa messe, précisa la veuve. Elle l'avait épousé tard, quand ils avaient tous deux passé la quarantaine. Non qu'ils furent hostiles au mariage, mais *Charele* avait d'abord pensé devenir prêtre. Puis il avait voyagé. Grâce à ses bons contacts dans les milieux catholiques, il avait travaillé sur le chantier de plusieurs grandes églises en Europe. La fierté de sa vie avait été de travailler deux ans à Saint-Pierre de Rome.

Holmes, qui semblait n'écouter que d'une oreille, sursauta à ce moment-là :

— Saint-Pierre de Rome ! C'était il y a longtemps ?

La discussion reprit, au rythme de la traduction. Rome, c'était dans les années 60, avant la guerre et avant que l'Alsace appartienne au *Reich*. *Charele* était encore tout jeune, il espérait un jour entrer au séminaire. Mais il avait du mal avec les études, et on l'avait découragé. Son truc, c'était les belles pierres, le marbre, le travertin. À Rome, il avait travaillé pour un atelier italien qui intervenait souvent au Vatican. Puis il avait été en Espagne. Revenu en Alsace, il s'était décidé à prendre femme dans le village de ses parents et à devenir vigneron.

Et puis, il y a dix ans, il avait entendu parler de la probable reconstruction du Haut-Kœnigsbourg. Il s'était tout de suite proposé à Bodo Ebhardt. Celui-ci l'avait embauché immédiatement. Comme il s'y connaissait en vieilles pierres, *Charele* fit partie d'une équipe spéciale pendant les fouilles, expliqua sa veuve. Quand les ouvriers trouvaient une pierre sculptée, ou avec un dessin, ou des objets anciens, ils devaient lui demander son avis.

Hélas – la voix de madame Friedrich se brisa – il y avait eu ce grand malheur. Ce triste jour de 1902. Elle se souvenait très bien. Il y avait un congé spécial, donné par l'Empereur : trois jours de repos. Puis, *Charele* était allé retravailler. Mais ça n'allait pas bien. Il était tendu, nerveux. Il se mettait parfois en colère, lui d'habitude si doux.

Et puis il y avait eu deux accidents mortels. Deux gars que *Charele* connaissait bien. Un apprenti de Ribeauvillé qu'il avait pris en affection – lui qui n'avait pas eu d'enfant – était passé sous la locomotive du chantier. Puis un camarade de la paroisse, un maçon lui aussi, avait reçu une pierre sur le crâne.

Est-ce parce que *Charele* avait, lui aussi, peur d'un accident ? Il avait perdu l'appétit, il ne buvait même plus sa bière. Et puis un matin, il n'avait pas pu se lever pour monter au château. Il était en partie paralysé, il avait une forte fièvre. Sa femme avait appelé le médecin de Kintzheim. Mais elle avait bien compris que le docteur ne voyait pas quel « mal diabolique » avait pris le *Charele*. En deux jours il avait été emporté.

Madame Friedrich avait les larmes aux yeux. Notre cocher reniflait. Moi-même, malgré mon expérience de médecin, j'étais assez ému. Holmes toussa :

— A-t-il vu encore quelqu'un avant de mourir ?

— Oui, répondit madame Friedrich. Un prêtre, pour l'extrême-onction.

À ce moment-là son mari parlait encore. Elle avait fait appeler le curé d'Orschwiller, mais il était à Strasbourg pour quelques jours. Il était remplacé par un prêtre de Rome qui suivait des cours à la faculté de Strasbourg. Elle était plutôt contente : si déjà son homme ne pouvait pas voir son curé habituel, tant mieux si c'était un Italien qui lui donnait l'extrême-onction ;

cela lui rappellerait les beaux jours au Vatican.

Les deux hommes, le petit prêtre – très pâle se souvenait-elle – et son *Charele*, très affaibli, avaient beaucoup parlé, à voix basse et en italien. Elle ne comprenait rien, mais elle avait l'impression que Charles se libérait de quelque chose, qu'il se confessait.

Puis il avait eu une attaque, brutale. Il avait crié. Il avait mal. Cela s'était calmé assez vite. Ensuite il ne parlait plus et roulait seulement des yeux. Le prêtre avait prononcé en latin les formules de l'extrême-onction et était parti. Un peu vite, se souvenait-elle. Mais il avait sûrement, comme tous les prêtres, quantité de travail.

Holmes avait suivi ce récit avec beaucoup d'attention :

« Votre mari vous a laissé un dessin, m'a-t-on dit ? »

Un dessin ? Ah oui, elle s'en souvenait. Un curieux dessin, avec une croix, et une flèche, qu'il avait soulignée plusieurs fois. Elle n'avait pas compris ce qu'il voulait expliquer et cela les désolait tous les deux. *Charele* avait alors écrit en alsacien une petite phrase sur le dessin. Mais cela ne voulait rien dire. Il était déjà à l'agonie. Elle avait oublié ce dessin ensuite. Ce n'est que quand le chapelier...

« Le chapelier ? » demandai-je.

Oui, ce bon monsieur Nonnenmacher, chez qui son mari avait acheté une belle casquette et qui aimait bien parler du château... Quand ce monsieur Nonnenmacher était venu, cet hiver, elle lui avait montré le dessin. Il n'avait pas compris non plus sa signification, mais il l'avait emporté, pour le montrer à des amis.

Elle s'interrompit. Les amis, c'étaient peut-être nous ?

J'allais pour dire que nous avions ce dessin en poche, mais Holmes me coupa :

« Curieux, très curieux même. Madame, je vous remercie beaucoup. Votre mari était un bon artisan et un homme de bien. Des hommes comme lui font honneur à cette belle terre d'Alsace. Nous regarderons le château autrement en pensant à lui. »

Quand le cocher eut fini de traduire ces phrases, madame Friedrich eut un geste surprenant. Elle prit dans ses mains celles de Sherlock Holmes et les serra en répétant quelques mots. Le cocher traduisit en respirant vite :

« Elle dit "que Dieu vous garde", monsieur. Que vous êtes un menteur. Mais un gentil menteur. Elle espère que vous trouverez ce que voulait dire son *Charele* avec ce dessin. Parce qu'il n'y a que ça qui vous intéresse vraiment, dit-elle. Et si vous trouvez, elle espère que vous penserez à le lui dire. Mais si vous oubliez, elle ne vous en voudra pas ! »

Holmes, dégageant doucement ses mains, regarda la veuve avec une sorte de tendresse que je ne lui connaissais pas.

« Je trouverai. Je vous le promets, madame. Et je vous le dirai. Je vous le promets aussi. »

Un peu plus tard, dans la charrette qui nous ramenait d'Orschwiller au Schaentzel, je rompis le silence :

— Holmes, ce Charles Friedrich a été empoisonné. Ce qu'elle a décrit de son agonie m'y fait clairement penser. Il y a eu crime.

Holmes regarda au loin, en direction de la plaine. Son profil d'aigle se découpait sur le ciel.

— Vous avez raison, docteur. Charles Friedrich a été victime d'un assassinat. Les deux autres ouvriers aussi ont été tués. Ils portaient tous les trois un lourd secret. On les a fait taire. Trois vies brisées. Pourquoi ? Pour qui ? Nous devons trouver la vérité. Nous la devons à cette petite dame d'Orschwiller. Davantage même qu'à toutes les chancelleries européennes...

Chapitre VII

La mauvaise humeur de l'Évêque

« Watson, cher ami, vous sentez-vous d'attaque pour aller voir un évêque ? »

Nous étions en train de prendre notre petit-déjeuner à l'hôtel Schaentzel. La pluie et le vent nous avaient barré ce matin l'accès de la terrasse : l'hôtelier nous avait ouvert l'autre salle à manger, chauffée par un grand poêle de faïence verte. Dans la salle déjeunaient aussi un jeune couple parlant allemand et, un peu à l'écart, deux hommes d'âge mûr, peu bavards, lisant chacun leur journal.

Nous avions eu une nouvelle surprise, la veille, en revenant d'Orschwiller. Une jeune femme, à la réception de l'hôtel, nous avait hélés au passage. Il y avait du courrier pour nous. Et quel courrier ! Une enveloppe de grand format, décorée de somptueuses armoiries : une aigle aux ailes écartées, avec un blason à damiers blanc et noir. Tous les employés de l'hôtel avaient déjà identifié les armes de l'empereur Guillaume II, ce qui avait, on le devine, aiguisé leur curiosité.

Nous avions attendu d'être à l'étage pour ouvrir l'enveloppe. Sur un carton blanc décoré du même motif en relief, un petit mot manuscrit – rédigé par un secrétaire en pleins et déliés – nous précisait que l'empereur Guillaume II de Hohenzollern invitait « *M. Sherlock Holmes, détective-conseil, et le docteur John H. Watson, écrivain, officier de santé au 5e Régiment de Fusiliers du Northumberland, de passage dans le Reichsland d'Elsass-Lothringen* »[1] à venir le surlendemain à une réception au Haut-Kœnigsbourg, à l'occasion de la visite annuelle de l'Empereur au château.

— Étonnant, Holmes ! m'étais-je exclamé. Bodo Ebhardt est-il à l'origine de cette invitation ? Ou bien l'Empereur a-t-il déjà été informé, par ses services secrets, de notre passage en Alsace ?

— Les deux, Watson, très certainement, rétorqua Holmes. La filature dont nous faisons l'objet doit bien renseigner quelqu'un – et je penche plutôt pour les services prussiens. Par ailleurs, Bodo Ebhardt a sûrement été amené à faire un compte-rendu de notre visite aux autorités. Je ne suis pas sûr que tout le monde soit convaincu par le prétexte de notre enquête sur les châteaux reconstruits…

Il frappa le carton du dos de la main.

— Mais, j'y pense, Watson, une réception de l'Empereur, c'est sans doute avec du beau linge ! Nous devons être en habits ! Il nous faudra en louer demain à Strasbourg. Cela tombe bien, je crois que nous avons à y faire.

— Quelle est votre idée, Holmes ?

— Chaque chose en son temps, Watson. Il me faut réfléchir un peu. Je vous en parlerai demain matin.

Holmes n'avait guère dormi. S'il gardait l'œil vif, il avait les traits tirés. J'imaginais assez bien, le connaissant un peu, qu'il avait passé une partie de la nuit éveillé, assis en tailleur sur un fauteuil, enroulé dans une couverture, à fumer la pipe en

---

[1] c'est-à-dire la « terre d'empire d'Alsace-Lorraine »

scrutant la nuit derrière la fenêtre de sa chambre. Nous nous trouvions là devant l'une des énigmes les plus épineuses de nos enquêtes communes. Il devait être perplexe et se sentir défié. Quant à moi, je l'avoue sans fard, j'étais un peu perdu.

Holmes répéta sa question :

— Vous sentez-vous d'attaque pour aller voir un évêque ?

Je souris :

— Vous voulez que j'aille interroger l'évêque local ? Pourquoi pas ? Mais nous ne connaissons pas même son nom...

— Il s'agit de monseigneur Adolf Fritzen, un Allemand. Il doit avoir un peu plus de soixante-dix ans. Il a été accepté à Strasbourg par les autorités allemandes, qui ont bizarrement continué à appliquer *grosso modo* le concordat de Napoléon. On dit cet évêque prudent, traditionaliste, pas trop marqué politiquement. Il est flanqué d'un évêque auxiliaire beaucoup plus proche de Guillaume II, monseigneur Zorn de Bulach.

— Zorn de Bulach, j'ai déjà entendu ce nom...

— Bravo Watson, c'était hier ! Bodo Ebhardt nous a parlé d'un Zorn de Bulach qui a tourné la clef dans la serrure du Haut-Kœnigsbourg, pour l'inauguration du château, l'année dernière. C'était Hugo, le sous-secrétaire d'Etat à l'Alsace-Lorraine, et c'est le frère de l'Évêque !

— Holmes, je ne vous connaissais pas cette érudition sur les affaires politiques et religieuses d'Alsace...

— Je n'y ai aucun mérite. J'ai bavardé un peu hier soir avec notre cocher et interprète en lui donnant sa pièce, qu'il avait bien méritée. J'avais remarqué une petite croix autour de son cou : elle signalait le chrétien. Et vous avez peut-être vu qu'il faisait un signe de croix chaque fois que nous passions près d'un calvaire ou d'une statuette de la Vierge. Cela précisait les choses : il était bon catholique. Quand je lui ai posé quelques questions sur l'Église romaine en Alsace, il ne s'est pas fait prier pour me répondre avec précision. J'ai bien l'impression que les catholiques ici se méfient de l'Empereur, trop protestant pour eux...

Je me servis une tasse de café puis me penchai vers Holmes :

— Pourquoi n'irions-nous pas voir cet évêque ensemble ? Ce serait plus prudent pour ne rien négliger de ce qu'il pourrait nous dire.

— Je ne préfère pas, Watson, si cela ne vous froisse pas. *Primo,* cela apparaîtrait trop comme une réponse au cambriolage de nos chambres : si nous y allons tous les deux, il va en déduire que nous le pensons mêlé à l'affaire. *Secundo,* je suis mal à l'aise avec ces catholiques : vous connaissez mes idées, je risque, si la conversation dévie sur la foi, d'être un peu raide, alors que vous avez davantage que moi le sens de la diplomatie. *Tertio,* j'ai autre chose à faire à Strasbourg !

J'écarquillai les yeux.

— Dites-moi...

— Pas tout de suite. Je vous raconterai tout, ne vous inquiétez pas. Mais je préfère pour l'instant, ne sachant pas trop où je vais mettre les pieds, en parler le moins possible !

Holmes tourna la tête à droite, puis à gauche, comme pour suggérer que les murs avaient peut-être des oreilles. C'était un peu étonnant : la table la plus proche était à une dizaine de mètres, et on ne pouvait entendre notre conversation discrète. Je n'étais pas dupe. Mon ami était coutumier de ces cachotteries.

Pour lui, il n'y avait là aucune malice : quand il cherchait à résoudre une affaire, il détestait poser les pièces du puzzle une à une, au fil de ses déductions. Il préférait attendre et, plus tard, avec un sourire de contentement, aligner d'un coup toutes les pièces manquantes.

Je ne m'offusquai donc pas de ce silence. L'essentiel était de mettre au point ma visite à Monseigneur Fritzen. C'était assez délicat. Je risquai bien, arrivant à l'improviste, de n'être pas reçu. L'Évêque pouvait tout aussi bien être en déplacement, ou présider une célébration à l'autre bout du diocèse.

— On vous proposera alors un second couteau, peut-être Zorn de Bulach, ou un collaborateur. Ce serait dommage. Mais il faudra accepter. La raison officielle de votre venue, ce sera la chapelle du Haut-Kœnigsbourg. Vous voudriez savoir, dans le cadre de nos recherches érudites, ce qu'elle va devenir. Maintenant qu'elle est restaurée, sera-t-elle utilisée ? Est-ce que le diocèse voudrait avoir son mot à dire ? L'Église catholique souhaite-t-elle y faire des mariages ou des baptêmes etc ? Si vos questions paraissent incongrues, jouez le naïf. Après tout, vous êtes paroissien de l'Église d'Angleterre, vous ne pouvez pas tout savoir des mœurs des papistes !

— Bien, bien. Et ma mission officieuse ?

— Il y en a deux. D'abord, sentir si ce monseigneur Fritzen est pour quelque chose dans l'expédition indélicate de ses séminaristes avant-hier dans notre hôtel. Ensuite, tenter de savoir ce qu'il sait d'un objet mystérieux caché au Haut-Kœnigsbourg, si précieux que trois vies humaines ont été sacrifiées pour lui.

— Holmes, sincèrement, vous n'en avez pas déduit davantage sur cet objet énigmatique ?

Mon ami se renversa sur son siège. Il hésita un court instant. J'étais convaincu qu'il allait se refermer comme une huître. À ma grande surprise, il se réinclina vers moi, faisant craquer les pieds de sa chaise, et me glissa :

— Watson, ce que nous cherchons, j'en suis persuadé, est au château depuis plus de sept cents ans. Des crimes ont été commis au cours des siècles pour en prendre ou en conserver le contrôle. Et l'Église catholique a plusieurs fois été mêlée à ces crimes. C'est tout ce que je peux vous dire pour l'instant.

Monseigneur Adolf Fritzen était là. Il m'ouvrit sa porte. Mais il fut glacial.

Dans l'antichambre de l'évêché, où m'introduisit un jeune clerc en soutane noire, on me fit patienter une bonne demi-heure. Finalement, la porte se rouvrit et le même religieux m'accompagna dans un beau salon doré, à la française, où me rejoignit quelques minutes plus tard l'évêque de Strasbourg.

Il s'assit sur un fauteuil de velours, leva les yeux sur un crucifix ancien accroché au mur devant lui, et, sans me regarder, déclara tout net :

« Docteur Watson, je ne vous cache pas qu'il est rare que je reçoive ici quelqu'un sans rendez-vous. Il est encore plus rare que je donne audience à des chrétiens si éloignés de l'Église romaine. Mais je me suis fait violence et j'ai consenti pour vous une double exception ! »

Je m'inclinai cérémonieusement, geste qui sembla être apprécié. Il poursuivit :

« Nous savons en effet que vous êtes l'ami et biographe de monsieur Sherlock Holmes, et que vous avez contribué à la réussite de plusieurs de ses enquêtes. Or notre sainte Mère l'Église doit beaucoup à la sagacité de monsieur Holmes – que je regrette d'ailleurs de ne pas voir ici – et à votre propre discrétion. Il y a une douzaine d'années, lors du décès du regretté cardinal Tosca, il a su exercer la première et vous pratiquer la seconde de ces deux qualités[1]. Notre défunt pape Léon XIII en avait parlé à un petit cercle d'évêques, dont je faisais partie. Considérez donc que ces quelques minutes que je peux vous accorder aujourd'hui honorent cette vieille dette... »

Cela me semblait quelque peu mesquin. Mais je me tus. Holmes n'avait-il pas vanté mon sens de la diplomatie ?

— Maintenant, dites-moi, docteur : quelle est la question qui vous préoccupe ?

— Monseigneur, mon ami Holmes et moi-même sommes en Alsace depuis quelques jours. Nous étudions la reconstruction du château du Haut-Kœnigsbourg. Monsieur Holmes, aujourd'hui à la retraite, a accepté en effet de réfléchir à la reconstruction des châteaux-forts du Moyen Age pour le compte d'une société savante londonienne. Je l'aide comme je peux.

— Mais c'est un château, pas une église ! Je ne vois pas...

— Monseigneur, il y a une chapelle dans ce château. Une vieille chapelle, qui a été réhabilitée elle aussi. Nous nous demandions, Holmes et moi, si l'Église catholique n'a pas des droits sur elle...

L'Évêque plissa les lèvres avec dédain :

— Docteur, je ne connais pas cette chapelle, si j'en ai entendu un peu parler. C'est un oratoire privé, dans un château privé. Et si elle fut catholique, elle ne l'est plus aujourd'hui.

---

[1] Cette affaire, datant de l'année 1895, est évoquée dans *Peter le Noir* (BLAC).

Vous savez bien que sa majesté Guillaume II – même si nous apprécions son profond respect de l'Église catholique – est très malheureusement séparé de Rome. Pourquoi voulez-vous que nous allions réclamer des droits sur cette chapelle ? Ce serait comme si nous exigions l'oratoire privé du château de Windsor[1] ! C'était là toute votre préoccupation ?

— Heu, oui, mais...

— Alors, je vous ai répondu. Cette chapelle ne nous intéresse pas. Les prières qui y sont faites n'intéressent pas le Ciel. Maintenant, docteur Watson, il me faut mettre fin à cette passionnante discussion. Je suis requis par les besoins de ma charge, comprenez-vous !

Aussitôt, le petit clerc en soutane, qui devait écouter aux portes, fit son apparition. Il me prit par le bras, et me pressa tant et si bien, que je me retrouvai dans l'antichambre, puis dans le hall, dans l'escalier, dans la rue, devant le portail de l'évêché, sous la pluie, sans avoir eu le temps de dire « ouf »...

J'étais, je l'avoue, un peu dépité. Et même gêné en m'imaginant faisant à Holmes le récit d'une mission accomplie de façon aussi pitoyable. Mais qu'y pouvais-je ? J'avais joué les cartes que j'avais en main. Je n'étais pour rien dans l'humeur de dogue de monseigneur Fritzen. Je réfléchis : après tout, cette attitude elle-même avait peut-être du sens. Si l'Évêque nous considérait, Holmes et moi, comme des gêneurs, c'était peut-être parce qu'il avait quelque chose à cacher...

Je remontais la rue Brûlée sous mon parapluie quand, tout à coup, je sentis une main se poser sur ma manche. Je me retournai. C'était un ecclésiastique. Un homme âgé, à lunettes rondes, sans chapeau. Il parlait en français :

---

1 l'une des résidences officielles de la famille royale d'Angleterre

— Monsieur, allez-vous à la cathédrale ? Si oui, accepteriez-vous de m'héberger sous votre parapluie quelques minutes ? J'ai oublié de prendre le mien, et j'ai laissé mon chapeau. Quel étourdi je fais !

La demande m'étonnait un peu. Mon hésitation était visible. Sans attendre ma réponse, le vieux prêtre se serra contre moi, à l'abri. D'une pression du coude, il m'invita à reprendre ma marche. Il chuchota.

— Docteur Watson, marchez tranquillement. J'ai des choses très importantes à vous dire, ainsi qu'à monsieur Sherlock Holmes. Prenez donc à gauche, dans la rue du Dôme. Vous verrez, la cathédrale est très belle – et vous y serez à l'abri du mauvais temps...

Dès que nous eûmes tourné le coin de la rue, le petit homme reprit la parole :

— Docteur, je sais que monsieur Holmes et vous-même êtes venus enquêter sur le Haut-Kœnigsbourg. Vous avez eu tort de venir voir l'Évêque tout de go. Il ne vous aidera pas. Il est pieds et poings liés. Moi, je sais des choses. Pas tout, mais des choses importantes. Je crois qu'il serait bon que nous en parlions tranquillement. Pas ici, pas maintenant. Que diriez-vous après-demain de venir au mont Sainte-Odile ? C'est là que je vis. Et que je travaille un peu. Vous demanderez le chanoine Obermeyer. Et puis, cela vous permettra de voir ce haut-lieu.

— Monsieur le chanoine, pourquoi faites-vous cela ?

— Je vous expliquerai, ne vous inquiétez pas ! C'est Charles Muller, que je vois de temps en temps, qui m'a parlé de vous. Nous ne sommes pas des amis du *Reich*. J'ai compris pourquoi vous étiez *vraiment* là ! Et je veux vous donner toutes les informations en ma possession. Elles vous étonneront !

Nous venions de déboucher sur une petite place. Devant nous se dressait la majestueuse façade ouest de la cathédrale de Strasbourg. J'allais encore questionner ce curieux chanoine. Mais il lâcha mon bras, eut un petit rire, et s'exclama :

— À bientôt, donc, docteur. Je serai ravi de vous accueillir au mont Sainte-Odile après-demain. J'espère que nous aurons un ciel plus clément…

Il fila dans une ruelle à gauche, sans me laisser le temps de réagir.

Deux heures plus tard, nous étions attablés, Holmes et moi, dans une *Bìerstùb*[1] chaleureuse, près de la cathédrale. Dehors, il pleuvait toujours. Des gouttes dégoulinaient encore de nos manteaux accrochés. La serveuse venait de déposer devant nous deux hautes chopes de bière dorée. Holmes m'écouta attentivement faire le compte-rendu de ma rencontre avec monseigneur Fritzen, puis avec le chanoine Obermeyer.

— Très intéressant, murmura-t-il. Votre chanoine sortait-il aussi de l'évêché ?

J'avouais ne pas avoir fait attention. Holmes reprit :

— Ce que vous dites de cet homme sans chapeau ni parapluie, alors qu'il pleut depuis ce matin, me laisse penser qu'il vous a découvert par la fenêtre. Il a bondi spontanément pour vous aborder dans la rue. Il voulait absolument vous parler. S'il avait eu chapeau ou parapluie, nous pourrions craindre un espion de Fritzen, prêt à vous aborder, et chargé de nous tirer les vers du nez. Mais là, il inspire confiance.

— Nous irons donc au mont Sainte-Odile ?

— Oui, Watson. Je crois que nous n'y perdrons pas

[1] Débit de bière. Une *Winstùb* est un débit de vin.

notre temps. Demain, nous verrons Guillaume II au Haut-Kœnigsbourg. Après-demain, le chanoine Obermeyer au mont Sainte-Odile. Nous avançons, nous avançons...

Mon ami semblait enthousiaste. Je le questionnai :

— Et vous, Holmes, avez-vous trouvé quelque chose ? Vous ne m'avez pas dit où vous vous êtes rendu...

Holmes sourit, prit le temps de boire une rasade de bière, et, après un bref coup d'œil circulaire, se pencha vers moi :

— Watson, j'ai d'abord fait quelques achats chez un serrurier : il nous faudra peut-être bien entrer au château sans forcément y être invités... Ensuite, comme prévu, je suis passé louer nos habits. Ils sont là, dit-il en me désignant le sac qu'il avait posé sur le banc. De fait, j'en ai loué trois.

— Trois, mais pourquoi ?

— Le troisième était aussi pour moi. Voyez-vous, je suis allé ensuite au Grand Séminaire. Mais ce n'était pas vraiment Sherlock Holmes qui s'y est rendu, c'était le révérend Roundhay, prêtre anglican de Cornouailles, féru d'archéologie, qui a demandé à visiter la bibliothèque du Grand Séminaire...

— Vous étiez déguisé ?

— Eh oui ! Ce loueur de costume m'a fourni tout ce qu'il faut. J'ai prétendu que j'étais réellement prêtre anglican mais que je n'avais pas emporté en voyage mes habits de clergyman. Qu'il m'en fallait parce que j'avais rencontré des compatriotes, qui souhaitaient m'inviter. Que ni les catholiques, ni les protestants n'avaient ce qu'il fallait pour moi. Il a pris ça comme un défi ; il a fait au mieux, avec un col romain, une chemise violette, un costume noir. J'étais devenu un parfait révérend ! Je lui rendrai ce costume avec les autres.

— Et au Grand Séminaire, avez-vous eu plus de chance que moi à l'évêché ?

— Vous êtes trop modeste. *Dans* l'évêché, vous avez perdu des points. Mais *devant* l'évêché, vous en avez gagné ! Ce chanoine pourrait nous être précieux. Pour ma part, je crois avoir obtenu quelques informations.

Holmes héla la serveuse, qui remplaça en un tournemain nos deux verres vides par deux verres pleins. Quand elle se fut éloignée, il reprit :

— Au séminaire, j'ai expliqué au portier que j'étais en voyage, que je ne passais que quelques heures à Strasbourg, et que je rêvais depuis des années d'admirer le codex Guta-Sintram...

— Le codex...?

— Le plus vieux manuscrit de cette bibliothèque. Un livre de prières. Milieu XIIe siècle. Guta était une chanoinesse. Sintram un moine. Tous deux selon la règle de saint Augustin. Il a fait les dessins, elle, la calligraphie. C'est un ouvrage remarquable, qui contient aussi des données médicales, pharmaceutiques, un calendrier, des homélies etc. C'est le plus prestigieux manuscrit à Strasbourg depuis que le bombardement de la Bibliothèque des Dominicains, en 1870, a brûlé l'*Hortus deliciarum* de l'abbesse du mont Sainte-Odile...

— Et vous avez vu ce livre ?

— Pas seulement vu. Je l'ai feuilleté, avec des gants blancs, comme il convient pour les vieux livres. Le bibliothécaire est un passionné. Quand il a su que je venais voir le Codex, il m'a accueilli, il s'est empressé de me faire visiter la bibliothèque, il a sorti l'ouvrage de son coffre, et nous l'avons regardé ensemble. Heureusement que mon latin n'est pas trop rouillé...

— On y trouve des éléments sur le Haut-Kœnigsbourg ?

Holmes me regarda avec une surprise mêlée d'amusement :

— À vrai dire, je n'y avais même pas pensé. Peut-être ! Au XIIe, le château était connu, après tout. Non, j'ai profité de la confiance du bibliothécaire pour le questionner sur les séminaristes. Venaient-ils consulter des livres ? S'intéressaient-ils à l'histoire médiévale ? Comment étaient-ils formés ? *Et cætera, et cætera.* J'ai finalement appris quelques petites choses assez précieuses...

— Dites...

— *Primo* : au séminaire est arrivé il y a une douzaine de jours un *monsignore* italien. Un prélat directement envoyé par le Vatican. Il s'appelle monseigneur Mustelkato. Il a pris en main un groupe d'une douzaine de séminaristes : les meilleurs, a-t-il prétendu, les plus dociles, m'a expliqué le bibliothécaire. Mustelkato leur a interdit certains cours de la faculté, leur a fait une liste de livres défendus – vous imaginez combien mon hôte était furieux –, bref, il a repris leurs études en main. Ce prélat romain veut faire de son petit groupe une sorte d'élite du séminaire... *Secundo* : ce groupe était au vert, en retraite, ces derniers jours, dans des paroisses du centre de l'Alsace, avec Mustelkato...

— Ce sont les nôtres, ceux qui nous ont cambriolés ! Mais pourquoi le nom de cet envoyé de Rome n'apparaît-il pas dans le journal ?

— Parce que monseigneur Mustelkato est extrêmement discret. Il n'est pas apparu en public. C'était un autre prêtre, l'abbé Criqui, qui a noué les contacts avec les paroisses locales et la presse. *Tertio* – et c'est le plus savoureux de l'histoire –, il s'est passé un petit événement révélateur pendant que nous parcourions en bavardant le codex Guta-Sintram.

« Un jeune séminariste, qui travaillait dans une pièce voisine, est venu apporter un ouvrage au bibliothécaire. Un livre ancien, lui aussi. Le jeune homme semblait catastrophé. Face à son affolement, nous avons stoppé notre conversation pour écouter ses plaintes. Figurez-vous qu'il venait de découvrir que ce livre avait été mutilé ! Quelqu'un en avait arraché une page. Le séminariste était horrifié ! Et le drame, c'est que ce livre ne venait pas de la bibliothèque du Grand Séminaire. Il s'agissait d'un prêt de la bibliothèque vaticane à Rome.

« J'ai tout de suite demandé "Quel est ce livre ? Quelle page manque-t-il ?", mais je pressentais déjà la réponse. Le bibliothécaire, levant les bras au ciel, m'a répondu avec des sanglots dans la voix : "Le livre, c'est une copie d'une *Histoire des croisades* datant de 1188, et la page, c'est une superbe illustration en couleurs – bleu et ocre – qui représente l'empereur Frédéric Barberousse en majesté, et en tenue de croisé !"

Holmes posa théâtralement ses deux mains à plat sur la table avec une telle force que nos verres s'entrechoquèrent.

Chapitre VIII

En quête de l'introuvable

Le lendemain, il pleuvait toujours. De la fenêtre de l'hôtel, on ne devinait que quelques grands sapins dégoulinants, et à peine la petite route. Le brouillard enveloppait la plaine et la montagne. Dans la salle à manger, le poêle en faïence ronronnait. Après le petit-déjeuner, nous nous en rapprochâmes. Holmes, un plaid sur les genoux, feuilletait les journaux. Quant à moi, j'avais trouvé dans la petite bibliothèque de l'hôtel un livre illustré sur l'Alsace, du fameux Hansi.

De temps en temps, je jetais un regard sur la fenêtre, espérant voir un coin de ciel s'éclairer : nous étions attendus en milieu d'après-midi au château, pour la réception donnée par l'Empereur, et je craignais que nos habits de location souffrent de la pluie...

Holmes poussa une sorte de grognement et jeta son journal en travers d'un canapé :

— Watson, cher ami, ne soyez pas inquiet, nous monterons au château au sec ! L'hôtelier m'a prévenu que l'Empereur nous ferait chercher en automobile, figurez-vous !

— Son automobile ? Il en a une ici ?

— En effet ; et il l'utilise régulièrement pour visiter « son » Alsace. Je pense que nous devons prendre ce geste comme un signe de considération...

— Ou de condescendance, c'est selon.

Holmes sourit :

— Vous avez sans doute raison. Vous vous rappelez son arrogance quand il était chez nous, dans notre appartement de Baker Street ? Hautain, susceptible, vexé chaque fois qu'il était contredit...

— Il a peut-être mûri, Holmes. Hier, il n'était qu'un petit roi qui cherchait à se dépêtrer d'une histoire de femme. Aujourd'hui, il est l'Empereur. Parfois, les hautes responsabilités bonifient les hommes.

— Quand il s'agit de l'âme humaine, vous êtes, Watson, un incorrigible optimiste. Mais, après tout, vous êtes peut-être dans le vrai.

J'avais tort.

Une brève éclaircie arriva en même temps que l'automobile impériale. Le personnel de l'hôtel était sorti sous le porche : les véhicules automobiles étaient rares encore en 1909, en Alsace comme à Londres. Leur passage était une attraction. De plus, il s'agissait là de la voiture de Guillaume II d'Allemagne, dont l'Histoire avait fait le souverain de tout ce petit peuple d'Alsace. Et, en Alsace, le touchant attachement à la France n'empêchait pas d'être sensible aux ors et à la pompe du pouvoir prussien.

Le petit Jules était au premier rang. Holmes l'aperçut. Il lui fit signe d'approcher. Il lui tendit un papier et un peu d'argent :

— Tiens, détective Jules, j'ai une mission pour toi. Tu liras l'ordre plus tard, quand tu seras tout seul.

— Bien sûr, monsieur Sherlock Holmes, répondit le gamin, ravi. Il recula pendant que la voiture faisait demi-tour sur le gravier devant l'hôtel.

Sur la route, j'interrogeai Holmes :

— Qu'avez-vous demandé au garçon, si ce n'est pas indiscret ?

— Oh, simplement de me trouver une petite bible.

— Une bible ? Pourquoi ?

— Pour rafraîchir ma culture biblique : cela peut avoir un intérêt dans notre enquête, je pense.

Et Holmes se renferma dans le mutisme.

Nous étions attendus sous le porche du château par un officier. Il nous conduisit dans les logis par la suite d'escaliers que nous connaissions déjà, jusque dans la salle du *Kaiser*. Un feu de lourdes bûches avait été allumé dans la vaste cheminée. Sous la tribune aux musiciens – où l'on devinait quelques silhouettes –, un groupe compact d'hommes, en uniforme ou en habit, et plusieurs femmes élégamment vêtues, devisaient, une flûte de champagne à la main.

Parmi eux, je reconnus Bodo Ebhardt. L'officier passa nos cartes à un majordome. Celui-ci alla vers le groupe, glissa un mot à l'oreille d'un homme grand, que nous ne voyions que de dos. Il se retourna, fit quelques pas vers nous. C'était Guillaume II de Hohenzollern.

« Monsieur Holmes, docteur Watson, permettez-moi de vous accueillir dans mon château du Haut-Kœnigsbourg. Je suis heureux de mettre des visages sur vos deux noms. Même en Allemagne, monsieur Holmes, vos dons de policier sont connus, car, docteur, vos livres y ont gagné des lecteurs. J'avoue que j'y ai moi-même trouvé quelque distraction ! »

Holmes et moi échangeâmes un bref regard. Message reçu. Pas question, c'était évident, d'évoquer la rencontre de 1888.

Le comte von Kramm n'avait jamais existé, pas plus que la belle Irène Adler. Je sentis d'ailleurs une certaine froideur dans le ton au moment où il se tourna vers moi : l'Empereur trouvait peut-être que ma discrétion de chroniqueur n'avait pas été assez loin à son goût...

Le Guillaume II de 1909 ne m'évoquait que fort peu notre royal visiteur de Londres. En vingt ans, l'homme s'était empâté. L'un de ses bras, légèrement handicapé, déséquilibrait sa silhouette. Malgré l'uniforme d'officier aux hautes épaulettes et la raideur de son attitude, le souverain semblait fatigué. Le visage, au teint légèrement jaunâtre, était parcheminé de petites rides. L'œil semblait soupçonneux, la lèvre dédaigneuse.

Seule la moustache cirée, avec cette forme originale aux pointes recourbées vers les pommettes – une mode alors reprise dans toute l'Allemagne – donnait un trait d'énergie dans un ensemble plutôt relâché. Mais peut-être mes souvenirs sont-ils aujourd'hui injustes : je les relis à la lumière de l'histoire récente. Elle fit de cet homme le responsable de tant de souffrances pour tant de ses contemporains – dont beaucoup de sujets de sa majesté britannique.

— Prenez donc une flûte, messieurs, ajouta l'Empereur avec un geste sec. Ce vin vient de France. Le traité de Francfort ne nous a pas donné la Champagne, voyez-vous. Je crois qu'on la regrette un peu dans les salons de Berlin.

Holmes fit un pas en avant :

— Votre Majesté, même les policiers savent que la politique européenne n'est pas qu'une affaire de partage des vignobles...

Je retins un sourire. Mon ami n'avait pas beaucoup aimé que l'Empereur évoque ses « dons de policier »...

— Vous avez raison, monsieur Holmes. C'est plus compliqué que cela. Mais je crois savoir qu'à Londres, on regrette encore les bordeaux d'Aquitaine...

— Pas vraiment. Nous avons beaucoup d'autres vignes, ailleurs sur la planète.

— Ah ! L'empire britannique ! Des vins d'Afrique, des vins de Palestine, oui... Mais c'est surtout du thé, des océans de thé en Inde ou à Ceylan. Nous autres Prussiens n'aimons pas beaucoup le thé, nous préférons planter du houblon.

Pendant cet échange, un serveur nous avait mis des flûtes en main. Guillaume II fit un geste vers la tribune. Les musiciens se levèrent, saluèrent. Le violon attaqua une sorte de danse paysanne, vive et légère, que reprirent les autres instruments. En même temps, les conversations, qui s'étaient interrompues quelques minutes, reprirent dans toute la salle.

L'Empereur, que guidait un aide de camp, feignit de rompre l'échange avec Holmes. Puis, tout à coup, il regarda mon ami bien en face :

— Monsieur Holmes, mon architecte me dit que vous vous passionnez pour la reconstruction de mon château. J'espère que votre visite, il y a quelques jours, vous en a montré toutes les beautés. Qu'en pensez-vous ? Nous avons fait là une belle œuvre pour les siècles qui viennent, non ?

Holmes le regarda crânement :

— C'est un beau travail, en effet. Et monsieur Ebhardt a su nous le faire apprécier. Mais tout le monde ici en Alsace, semble-t-il, n'est pas convaincu de l'authenticité de la reconstitution.

— Ah ? Vous avez un exemple ?

— On nous a parlé du donjon...

L'Empereur eut un rire forcé.

— Ah ! Le donjon ? Vous vous êtes laissé influencer par des critiques systématiques, comme ce gribouilleur de Hansi ! Vous savez qu'ils ont tort, que ce donjon fut toujours carré, comme l'a prouvé mon architecte.

Un ecclésiastique, que je n'avais pas remarqué de prime abord, s'était rapproché de notre petit groupe. Il portait une soutane noire, rehaussé d'une capeline violette, et une croix au bout d'une chaîne un peu voyante.

— Monsieur Holmes, l'Empereur a raison. Ceux qui attaquent avec vilenie le très bon travail de *Herr* Ebhardt sont surtout animés par des motifs politiques, et absolument pas par des raisons historiques ou archéologiques...

L'Empereur fit un geste vers le prélat.

— Permettez-moi, monsieur Holmes, docteur Watson, de vous présenter monseigneur Sévère Mustelkato. Il nous vient du Saint-Siège et il est actuellement en mission au Grand Séminaire de Strasbourg. Je l'ai connu à Berlin, où il a été conseiller à la nonciature. Je vous revois, monseigneur, avec plaisir. Expliquez donc à nos amis britanniques les circonstances de notre rencontre. Vous pouvez y aller franchement : dans cette affaire, l'Église d'Angleterre est hors jeu, elle qui a son roi pour pape...

L'Empereur s'éloigna, poursuivant une sorte de ronde de groupe en groupe, et nous restâmes face au mielleux monseigneur Mustelkato. Le lecteur a bien compris : nous savions qu'il était notre ennemi, mais nous pensions alors qu'il ne savait pas que nous le savions.

Grand, chauve, élégant, suave, il était plutôt bavard pour une éminence grise. Il nous expliqua d'abord qu'il nous connaissait bien, ayant suivi l'affaire du cardinal Tosca et celle des camées du Vatican – qu'il me faudra bien raconter un jour. Il ajouta qu'il admirait les méthodes d'enquête de Sherlock Holmes. Elles n'étaient pas sans lien, disait-il, avec celles de la théologie dogmatique – mais j'avoue avoir oublié l'essentiel de son argumentation.

Ce dont je me souviens très bien, en revanche, c'est de la complaisance étonnante avec laquelle ce prélat évoquait les affaires diplomatiques. Comme l'Empereur l'y avait invité, il nous expliqua son propre rôle à Berlin, quand il y assistait le nonce :

— J'étais alors conseiller de nonciature, de ces hommes qui, pour notre sainte Mère l'Église, et dans toutes les capitales, agissent dans l'ombre pour influencer la marche du monde, avec pour seule récompense le bonheur du travail accompli. L'un des premiers dossiers dont j'ai eu à m'occuper a été celui du cardinal Rampolla...

Citant ce nom, monseigneur Mustelkato se rengorgea. Holmes prit un air interrogatif :

— Rampolla ?

— Vous ne voyez pas ? Le cardinal Rampolla est celui qui a bien failli être pape, au conclave de 1903 !

Monseigneur Mustelkato, si bien renseigné, ignorait que la culture de mon ami Sherlock Holmes, largement autodidacte, présentait des lacunes – notamment celle de l'essentiel de l'actualité politique ou diplomatique. Un changement de pape à Rome était pour lui sans beaucoup plus d'intérêt que les débats à la Chambre des Lords ou la signature de l'Entente Cordiale. En revanche, le meurtre d'un garde suisse ou le vol d'un Raphaël aux musées du Vatican ne lui aurait pas échappé ; et, même sans être consulté, il aurait réfléchi des nuits entières pour élucider leur part de mystère.

Mais le cardinal Rampolla n'avait tué personne, n'avait rien volé. Holmes ignorait que cet évêque italien, en effet donné comme *papabile* en 1903, après la mort de Léon XIII, s'était heurté à l'hostilité de Berlin et de Vienne, qui le trouvaient pro-français. Mon lecteur se souvient peut-être de la succession d'intrigues, de coups fourrés et de pressions diverses qui avaient abouti alors à l'écarter de la compétition. Finalement, le conclave avait choisi le plus consensuel cardinal Sarto, qui fut, jusqu'à la guerre, le pape Pie X.

Monseigneur Mustelkato nous expliqua avec force détails au Haut-Kœnigsbourg, en ce printemps 1909, qu'il avait été, pour complaire à Berlin, la cheville ouvrière de l'éviction de Rampolla et de l'élection de Sarto. Sans être spécialiste de l'histoire de l'Église romaine, je ne suis pas sûr aujourd'hui qu'il n'en rajoutait pas.

Holmes feignit de s'intéresser à la chose, puis demanda :

— Monseigneur, je comprends donc que l'Empereur vous doit beaucoup.

— On peut le dire ainsi.

— Y a-t-il un intérêt direct de l'Église à se lier ainsi à un chef d'État protestant ? Surtout que celui-ci ne facilite pas toujours dans ses terres la vie des catholiques ?

Un fin sourire se dessina sur les lèvres du prélat.

— Monsieur Holmes, l'Église voit toujours loin. Et elle a ses hommes partout. Qui sait ce que sera l'Europe au siècle prochain ? L'empire allemand, riche de son industrie, fort de son armée, n'y aura-t-il pas bousculé la France pusillanime, agricole – et anticléricale – de la IIIe République ? L'Italie est morcelée, l'Espagne déchirée. Que reste-t-il face à l'empire ottoman ? Quant à l'Angleterre...

— L'Angleterre, oui ?

Holmes n'aimait pas qu'on le chatouille sur son patriotisme. Monseigneur Mustelkato l'avait très bien senti :

— L'Angleterre est une île, coupée du continent. Une île diplomatique, économique, même religieuse, hélas ! Le cardinal Richelieu – quel grand homme ! – le disait déjà. Vous verrez, monsieur Holmes, quand débuteront ces grandes secousses de l'Histoire, l'Angleterre restera simple spectatrice à son balcon.

— Je n'en crois rien, monseigneur.

Holmes allait se fâcher. J'intervins avec le tact dont j'use parfois pour éviter ses éclats :

— Peut-être sera-t-elle un temps spectatrice, mais je vois mal l'Angleterre ne pas entrer dans le match à son heure, surtout si ses alliés y sont en difficulté.

Monseigneur Mustelkato fit une curieuse petite pirouette, qui souleva légèrement sa soutane. Holmes reprit, plus calmement :

— Votre présence en Alsace, en même temps que l'Empereur, fait-elle partie de cette stratégie du Vatican ?

— Rien n'est jamais innocent, mais tout est longtemps secret, monsieur Holmes, dans les affaires d'Église. Qui sait ?

Holmes se rapprocha du prélat. Sa voix se fit grinçante :

— Et qui sait si l'Église, parfois, ne joue pas double jeu ?

— Comment cela ?

— Elle flatte un empereur qui aime jouer au château-fort, pour lui dérober le jouet qu'il y cache...

Le sourire du prélat ne disparut pas de ses lèvres, mais son regard se fit glacial :

— Vous parlez par énigmes, monsieur Holmes. J'avoue y perdre mon latin. Les empereurs ne jouent pas. Les papes non plus. Peut-être avez-vous trop lu Shakespeare...

Holmes allait répliquer. Monseigneur Mustelkato ne lui en laissa pas l'occasion. Levant la tête, il feignit d'apercevoir soudain une connaissance.

— Ah, j'aperçois ce grand artiste qu'est Léo Schnug. L'Empereur lui a demandé de peindre des fresques dans cette belle salle. Un grand illustrateur ! Ses croquis de soldats et de moines sont saisissants, même s'ils sont parfois un peu grotesques ! Excusez-moi, il est de mon devoir d'aller le saluer. Messieurs, je vous souhaite un bon séjour en Allemagne.

Et le prélat tourna les talons, sèchement.

Holmes prit une profonde inspiration. Son regard se porta vers l'homme qui nous avait été présenté comme Léo Schnug, puis vers les murs de la pièce. Il semblait réfléchir intensément. Nous poursuivîmes notre tour dans la salle, nous retrouvant tout à coup face à Bodo Ebhardt. L'architecte semblait ravi de nous revoir :

— Ah, messieurs Holmes et Watson ! Je suis heureux que votre passage coïncide avec celui de l'Empereur. Quel homme ! Quel souverain ! Quel visionnaire ! Vous avez pu échanger quelques mots avec lui ?

— Tout à fait. Il est fort courtois, mentit Holmes.

Ebhardt nous commenta de nouveau la rénovation de la salle, nous vanta sa structure, sa décoration. Holmes, poliment, lui demanda :

— Monsieur Ebhardt, vous nous avez parlé de votre jeune collaboratrice. Est-elle ici ? Peut-être pourriez-vous nous la présenter ?

— Oh, je suis désolé. Je ne l'ai pas vue. Vous savez, elle m'est officiellement adjointe, mais à vrai dire, elle est son propre maître. Elle est absolument ravissante, extrêmement compétente et totalement incontrôlable. Je ne sais même pas si elle est au château aujourd'hui.

— Elle vous a pourtant aidé pendant les fouilles, nous aviez-vous dit…

— En effet, et de manière efficace. Mais elle avait sa façon de faire. Je crois bien que les contremaîtres en riaient sous cape : j'étais tout le temps en train de chercher où elle était. Quand je la pensais en Alsace, elle était à Berlin. Quand je la croyais sur le chantier, elle était à l'hôtel. Et quand je la croyais au Haut-Kœnigsbourg, elle était à l'Oedenbourg.

— L'Oedenbourg ?

— Oui, l'autre château, au bout de la crête, à quelques centaines de mètres. On l'appelle aussi le petit Haut-Kœnigsbourg. Oh, il n'est pas très intéressant : il est modeste, mal conçu, en ruines depuis des siècles. Mais nous y avons aussi fait des fouilles. Il avait servi de poste d'artillerie aux assaillants du siège de 1462.

J'intervins.

— Ah oui, c'est le siège pour lequel les Bâlois ont prêté leur Dragon, ce gros canon exceptionnel qui a contribué à la victoire.

— Tout à fait, docteur Watson. Il paraît d'ailleurs que cette pièce d'artillerie était si lourde que la coalition l'a laissée sur place. Mais, malgré nos recherches, nous ne l'avons pas retrouvée. Tant pis !

Ebhardt fut happé par un groupe de militaires, qui voulaient des renseignements sur le château. Holmes me glissa à l'oreille :

« Watson, voulez-vous avoir l'amabilité de poursuivre seul ces *ronds-de-jambes*[1]? Je vais discrètement aller aux renseignements. Je reviens dans quelques instants. »

Posant sa flûte sur le plateau d'un serveur, Holmes glissa de groupe en groupe jusqu'à la porte sous la tribune et disparut. Je fus abordé immédiatement par un médecin militaire prussien. Nous discutâmes tous deux un moment de nos campagnes. De temps en temps, je jetais un œil sur la porte, inquiet de voir mon ami se mettre dans un mauvais pas. Mais il réapparut assez vite, alors que mon interlocuteur me montrait, sur les lambris de la salle, parmi les nombreuses statuettes de bois sculptées et peintes qui les ornaient, celle de Frédéric Barberousse :

— Un grand empereur, et un grand soldat, commentait le médecin militaire. Quel malheur qu'il soit mort ainsi noyé, si loin de ses terres, comme Alexandre le Grand. Quel destin ! L'Europe aurait été plus vite unie derrière la puissance germanique, s'il avait vécu davantage !

— Peut-être reviendra-t-il achever sa tâche : ne dit-on pas qu'il dort quelque part dans la montagne et se réveillera quand les temps seront accomplis ?

C'était Holmes qui s'insérait ainsi dans la conversation. Le Prussien n'en prit pas ombrage. Au contraire, il surenchérit :

— Il y a parfois du vrai dans ces légendes, même si notre époque rationaliste ne veut pas y croire. Notre empereur attache beaucoup d'importance à l'histoire ancienne du *Reich* et à ses puissants symboles.

---

[1] en français dans le texte

Holmes semblait maintenant pressé. Il me saisit par le bras. Nous prîmes congé de ce confrère. La réception, menée à la prussienne, approchait d'ailleurs de sa fin. Les plateaux ne passaient plus. Le champagne ne coulait plus. La musique s'était tue. L'Empereur avait disparu. Notre mentor se rapprocha et se racla la gorge :

« *Herr* Holmes, *Doktor* Watson, la voiture est prête. »

Il nous précéda dans les escaliers des logis, nous fit traverser la cour basse, passer sous les porches. La voiture n'était plus l'automobile impériale, mais une charrette des environs. Il nous laissa aux bons soins du cocher.

Pendant que nous redescendions vers l'hôtel Schaentzel, Holmes me confia à voix basse :

— J'ai vu l'historienne.

— La jeune historienne allemande ? Mais, à la réception, je n'ai aperçu personne qui corresponde à sa description.

— Et pour cause : elle n'y était pas. Elle n'est pas entrée dans la salle du *Kaiser*.

— Mais alors, comment avez-vous fait ?

— Quand je vous ai quitté, j'ai traversé la chambre Lorraine, celle avec le petit dragon décoratif. Je voulais aller revoir la chapelle. J'y suis arrivé sans croiser personne. J'étais en train d'examiner les vitraux – très intéressants ma foi ! – et je scrutais l'un d'eux à la loupe, quand j'ai senti qu'il y avait quelqu'un derrière moi. Je me suis retourné : c'était une jeune femme, fine, délicate, aux cheveux blonds et bouclés – sans doute la trouveriez-vous plutôt jolie ! – avec, dans le visage, un étonnant mélange de volonté et d'espièglerie...

— C'était elle ?

— En effet. Elle ne s'est pas présentée, mais c'était inutile. Et elle m'a surpris. « Vous cherchez quelque chose, monsieur Holmes ? », m'a-t-elle demandé avec une certaine ironie. Je me suis retourné, et lui ai répondu simplement que j'admirais un vitrail. Elle a secoué la tête et m'a rétorqué vivement: « Chacun sait que Sherlock Holmes cherche toujours quelque chose. Mais là, je crains que vous soyez parti en quête de l'introuvable... »

— Elle a dit « l'introuvable » ?

— Oui Watson, tout de go. « Je ne sais rien d'introuvable, mademoiselle, avec un peu de temps et un sens aigu de la déduction », lui ai-je répondu. Elle ne s'est pas démontée, et m'a dévisagé avec une certaine impertinence. « L'un et l'autre manquent parfois, même aux meilleurs ! » Petite effrontée ! Et elle a ajouté, *texto,* « ... Surtout si l'on ignore ce que l'on cherche » !

— Vraiment ! Et qu'avez vous répondu ?

— La vérité, Watson, la vérité. Je l'ai regardée dans les yeux. Je lui ai expliqué : « Depuis quelques temps, j'avais une petite idée de ce que je cherchais. Votre propos la précise. » Elle s'est troublée, brièvement, a murmuré quelque chose comme : « J'en doute, monsieur Holmes », et a quitté la pièce. Je n'ai pas essayé de la suivre. J'ai fait quelques autres vérifications dans la chapelle et dans les pièces alentour et je vous ai rejoint.

Nous arrivions à l'hôtel. En descendant de voiture, je questionnai encore Holmes :

— Vous ne voulez vraiment rien me dire de plus ?

— Pas encore, Watson, ne m'en veuillez pas ! Nous sommes dans une affaire passionnante, où se mêlent l'histoire, la religion, la politique, la guerre, et je ne veux pas parler trop vite. Mais aujourd'hui, nous avons fait un grand pas. Nous avons rencontré nos deux *vrais* ennemis : ce prêtre...

— Monseigneur Mustelkato ?

— Celui-là même. Et Xenia...

— Xenia ?

— C'est l'historienne : Xenia Honegger, diplômée de la faculté d'histoire des arts de Berlin, de l'institut d'études stratégiques de l'université de Vienne et de l'École du Louvre à Paris. On pourrait la croire perdue dans l'Antiquité. En fait, j'avais déjà entendu parler d'elle : cette étudiante surdouée est devenue agent secret. Un agent de grande efficacité, qui va de mission spéciale en mission spéciale pour l'Empereur. Elle a appris le métier avec von Bork, le plus grand agent au service de l'Allemagne, le plus doué que je connaisse. Et elle a été, dit-on, sa maîtresse...

En accrochant mon manteau dans la salle à manger de l'hôtel, je posai la question qui me taraudait alors :

— Monseigneur Mustelkato et Xenia Honegger travaillent-ils ensemble ?

— Au contraire, Watson ! Ils s'affrontent. C'est elle qui a retrouvé le trésor du château. Désormais elle en est la gardienne. Lui, il est comme nous : il cherche à le trouver et à le dérober. Travaille-t-il pour le Pape, pour le Diable ou pour lui-même ? Allez savoir ! En tous cas, nous sommes maintenant engagés dans une course de vitesse. Pour gagner, il va falloir, non seulement user d'intelligence, Watson, mais aussi de ruse et peut-être bien de force.

Et mon ami, pivotant à l'entrée de la salle, saisit la carte du jour sur une table :

— Ah, il y a de la salade mixte au dîner ! Excellente idée ! Vous savez qu'en Alsace, il s'agit de cervelas et de gruyère avec de la vinaigrette ! C'est savoureux, bien qu'un peu lourd. Tant mieux : les petits fours de l'Empereur m'ont laissé sur ma faim !

Chapitre IX

Le *Baeckeoffe* de sainte Odile

Notre hôtelier se mettait en quatre pour nous aider – sans doute pour tenter de faire oublier le désagrément de la fouille de nos bagages. Il nous dénicha aimablement une voiture pour la journée du lendemain en vue de notre expédition au mont Sainte-Odile. Sur la carte, il n'est pas très éloigné du Haut-Kœnigsbourg. En Alsace, me disais-je, le pouvoir religieux est souvent proche du pouvoir militaire et la proximité de ces deux hauts-lieux dans les Vosges en était un fort symbole.

Mais il valait mieux, pour éviter les petites routes de montagne, redescendre par les coteaux qui bordent la montagne à l'Est, et qui forment un ensemble qu'on appelle le Piémont. Le beau temps était revenu. Le chemin fut agréable. Nous traversâmes pendant un bon moment des vignobles avant de nous réengager dans la montagne, sur le pittoresque chemin des pèlerins qui conduit au couvent du mont.

Holmes avait l'air détendu. Il bavardait avec notre cocher, se faisait préciser le nom des villages en alsacien et expliquer les différences avec leurs noms en langue allemande. Pour ma part, je contemplais ces beaux paysages d'Alsace, et leurs habitants robustes et travailleurs, attentifs à mettre ou remettre les choses en ordre et en propreté.

On nettoie beaucoup en Alsace, les cuisines, les carreaux des fenêtres, le linge au lavoir, les cours de ferme et même les trottoirs, où je voyais des femmes âgées passer le balai avec de grands gestes solennels, en discutant en dialecte entre voisines.

Le mont Sainte-Odile est un ensemble de bâtisses trapues, où quelques prêtres et une communauté de religieuses accueillent les pèlerins qui viennent prier sur le tombeau de la sainte du VIIe siècle. On y voit aussi beaucoup de randonneurs – surtout allemands me sembla-t-il – avec un *Rucksack*[1] militaire et un bâton de marche. Ils font étape en demandant une bière et des saucisses. Nous ne déparions guère avec nos costumes de voyage. Malgré la solennité du lieu, il y règne une atmosphère bon enfant dont je me souviens encore aujourd'hui.

À l'accueil, nous demandâmes le chanoine Obermeyer à la mignonne petite religieuse qui nous ouvrit la porte. Elle était au courant, le chanoine nous attendait, elle allait nous emmener auprès de lui, nous précisa-t-elle. À la suite de cette sœur portière qui trottinait sur le pavé, nous traversâmes la cour, quelques salles, un long couloir, un petit escalier, pour arriver enfin dans un bureau exigu et assez poussiéreux. Le vieux chanoine y était, qui nous accueillit avec le sourire :

— Ah, docteur Watson, monsieur Holmes, vous avez trouvé le chemin de mon placard ecclésiastique… J'en suis ravi et vous ne le regretterez pas. Je vous salue bien.

Il serra nos mains avec chaleur :

— Je sais, monsieur Holmes, que vous chassez le Mal partout où il se dissimule, avec tous les talents que Dieu vous a donnés. Soyez-en remercié par ceux qui recherchent le Bien avec leurs misérables possibilités…

---

1 sac à dos

Holmes sourit.

— Monsieur le chanoine, je fais ce que je peux. Si un dieu, quelque part, m'en est reconnaissant, je le saurai le moment venu. Mais, vous avez dit « placard ». Pourquoi donc, si ce n'est pas indiscret ?

— Oh, c'est tout simple ! J'ai été rangé au mont Sainte-Odile, loin de l'évêché, parce que je ne suis plus très en cour. Monseigneur Fritzen ne m'aime guère, et monseigneur Zorn de Bulach me déteste. Voyez-vous, j'aime la France, ses arts, ses lettres, sa langue et – pire encore – sa foi dans les droits de l'homme et même sa loi de Séparation[1]. Cela vous étonne ? Je crois que l'Église ne doit rien recevoir du pouvoir, sinon elle lui est plus ou moins soumise. Or elle doit le corriger, à temps et à contretemps...

— Je comprends qu'avec de telles idées, vous soyez suspect...

— N'est-ce pas ? Alors on m'a envoyé ici, sur la montagne, ranger de vieux livres. Je m'en arrange. Au fond, j'aime bien ça. Le directeur du mont, le chanoine Caspar, m'utilise un peu. Je dis quelques messes pour les religieuses et les pèlerins. Je marche dans la forêt. Et puis voyez-vous, le mont Sainte-Odile est un bel endroit. Vous voulez le découvrir ?

Holmes hésita. Je compris que le chanoine y tenait, et je m'avançai :

— Mais oui, c'est une bonne idée. Nous pouvons faire un petit tour avant de bavarder.

---

[1] La loi dite de Séparation de l'Église et de l'État, adoptée en 1905 en France, avait rompu le concordat de Napoléon, abrogé les textes similaires et donc supprimé toute aide publique aux différents cultes. En revanche, l'Allemagne a conservé en Alsace-Lorraine le régime antérieur, dans lequel les cultes étaient subventionnés.

En fait, le « petit tour » se prolongea. Notre hôte nous montra l'église, la châsse de la sainte dans une chapelle voisine, puis nous fit passer sur le chemin de ronde, d'où l'on a une superbe vue sur la plaine d'Alsace. Il était particulièrement loquace. Chaque oratoire, chaque salle lui permettait d'évoquer un épisode ou une anecdote de la vie de la sainte qui, si j'ai bien compris, doit davantage à la légende qu'à l'histoire. Mais je suis mauvais juge de ces engouements de piété, je l'avoue.

Mon intérêt grandit quand il nous raconta comment hommes politiques et écrivains s'étaient, ces dernières années, succédé au mont. En 1899, ce fut le *Kaiser* Guillaume II lui-même : « Il n'a pas trop aimé, mais il a été poli : il nous a laissé un beau diplôme commémoratif et un service de table en porcelaine... ». Le duc de Saxe l'avait suivi, puis le *Kronprinz*, c'est-à-dire le prince héritier. Des écrivains français – René Bazin, Maurice Barrès – ou allemands – Heinrich Hansjakob – avaient fait le pèlerinage au mont, pour l'utiliser ensuite dans leurs textes.

Et maintenant, s'exclamait notre chanoine, « nous accueillons un écrivain britannique ! » Je mis quelques minutes à comprendre qu'il parlait de moi...

Nous allions terminer notre visite quand la cloche de l'église sonna les douze coups de midi.

« Ah, il est l'heure de déjeuner. Messieurs, puis-je vous inviter à partager ma pitance ? On mange assez bien ici, savez-vous : ce sont les sœurs qui font la cuisine, mais ce sont les prêtres qui font les courses ! »

Nous acceptâmes de bon cœur. Et c'est dans une petite salle à manger, autour d'un *Baeckeoffe* copieux – trois viandes marinées et des légumes cuits au vin blanc dans une terrine au four – que se poursuivit la conversation :

« Je partage chaque mois à Strasbourg un *Stàmmtìsch*[1] avec quelques vieux amis. Nous avons les mêmes idées politiques et religieuses. Parmi eux, il y a Charles Muller, que vous avez rencontré à l'université. Nous nous sommes vus – c'est un hasard – le lendemain de votre passage dans son bureau. Il nous a parlé de cette rencontre, avec un grand respect pour vous, je tiens à le dire. Mais il était étonné : il nous expliquait, monsieur Holmes, que vous aviez une curieuse idée en tête. Il y aurait au château, pensiez-vous, quelque chose de caché ! Vous aviez même parlé d'une arme secrète. Mon ami Muller n'y croyait pas un instant.

« Or je passe chaque mois, avant ce *Stàmmtìsch*, à l'évêché. J'y prends mon courrier. Je dépose parfois un petit compte-rendu sur mes travaux, qui doit d'ailleurs aller directement au panier. Et je fais les couloirs, pour prendre des nouvelles des gens que j'aime bien – il y en a –, et des autres – c'est souvent utile aussi. Dans le bureau du chancelier, vide au moment de mon passage, j'ai vu une lettre que je n'aurais pas du voir... »

Holmes, qui mangeait de bon cœur, suspendit son geste et resta la fourchette en l'air, interdit :

— Une lettre ? De qui ? À qui ?

— Du Pape à l'Évêque. Enfin, pas précisément du Pape, mais de la Secrétairerie d'État, qui est le sommet de l'administration du Saint-Siège. Elle était adressée à monseigneur Fritzen. Il s'agissait en fait d'une lettre de recommandation pour monseigneur Sévère Mustelkato, un envoyé spécial du Pape qui vient de rejoindre le Grand Séminaire de Strasbourg...

— Nous l'avons rencontré, coupa Holmes. Il était au château à la réception de l'Empereur, hier après-midi !

---

[1] dans un restaurant ou une auberge d'Alsace, la table d'habitués qui se retrouvent régulièrement autour d'une bière (le *Stàmm*) ou d'un repas

— Ah, parfait ! Je n'ai donc pas besoin de vous le décrire. Vous avez pu juger vous-même l'individu. La lettre était bilingue : un passage en français – langue diplomatique du Saint-Siège – et un passage en latin. En français, elle expliquait la mission officielle de monseigneur Mustelkato : repérer et prendre en main une douzaine de séminaristes à Strasbourg pour en faire de fervents soldats du pape. En latin...

— C'était la mission officieuse...

— En effet. Et elle était rédigée à peu près comme suit : « Nous avons demandé à Notre fidèle et dévoué Sévère Mustelkato, qui a toute Notre confiance, d'enquêter sur la précieuse relique très probablement dissimulée au château du Haut-Kœnigsbourg, en Alsace, et donc propriété illicite d'un souverain protestant, de la repérer, de s'en emparer – par tous les moyens qui lui sembleront utiles – et de Nous la rapporter en notre basilique Saint-Pierre de Rome... »

Holmes avait un large sourire :

— Parfait ! Tout est logique. J'avais vu juste. Monsieur le chanoine, savez-vous quelle est cette relique ?

— Hélas non, je n'en ai aucune idée. Le château est passé si souvent de main en main au cours de l'histoire...

Holmes se renversa en arrière sur sa chaise, joignit les doigts des deux mains, prit une profonde inspiration, émit un petit gloussement...

— Il s'agit tout simplement de l'arme du soldat romain qui perça le flanc du Christ mort sur la croix, l'arme que les catholiques appellent la Sainte-Lance !

J'étais stupéfait. Mais le chanoine Obermeyer l'était encore plus. Il roulait des yeux ronds et ses mains tremblaient :

— La Sainte-Lance ? Mais elle est à Saint-Pierre de Rome...

— Une fausse relique ! Comme toutes les autres prétendues Saintes-Lances : celle de Vienne, celle d'Antioche, celle de Beyrouth, celle d'Arménie, celle de Turquie ! Réfléchissez. Nous soupçonnons que la restauration du Haut-Kœnigsbourg par Guillaume II cache un dessein secret. Quelqu'un, à ses côtés, a étudié l'histoire du château, et a découvert le mystère du Haut-Kœnigsbourg : ce château protège, depuis des siècles, la Sainte-Lance.

« En restant logique, on peut reconstituer le parcours de la relique. Nous savons que tout tourne autour de Frédéric Barberousse. Cet empereur est mort noyé sur le trajet aller de la IIe croisade, quelques années avant l'an 1200. Juste avant, il avait reçu, de l'empereur de Byzance – l'actuelle Constantinople – de nombreux cadeaux pour accepter de contourner la ville et de ne pas la piller. Parmi eux, à coup sûr, la Sainte-Lance, ou une arme qu'on croyait telle dans la Byzance du XIIe siècle.

« L'Empereur a-t-il un pressentiment de sa mort prochaine ? Il fait acheminer la relique en Germanie, sans attendre. Et quelle meilleure cachette pour cet objet précieux que le château du Haut-Kœnigsbourg – appelé à l'époque le Stauffen – qu'il possède en Alsace ? Mais l'Empereur se noie en Cilicie : il ne reverra jamais la Sainte-Lance. Quelques hommes sont dans le secret – ceux qui ont transporté l'objet à travers l'Europe, ceux qui l'ont dissimulé au château. Ils parlent peut-être : de là naît la légende de l'empereur endormi qui, un jour, reprendra vie et puissance.

« La lance reste là des siècles durant. Qui en détient le secret ? Parfois l'Empire, parfois l'Église. Je suis sûr que sa présence explique bien des pages de l'histoire du château. Pourquoi une formidable coalition en chasse-t-elle les seigneurs brigands en 1462, avec l'aide des évêques de Strasbourg et de Bâle ?

— Et du fameux canon Dragon venu de Suisse !

— Parfaitement, Watson. N'est-ce pas parce que l'Église sait que la Sainte-Lance est au château, et qu'elle ne veut pas que la relique tombe en de mauvaises mains ? Pourquoi, quelques décennies plus tard, Frédéric III de Habsbourg finance-t-il les fortifications des Tierstein, alors qu'il erre de monastère en monastère et que les caisses de l'État sont vides ? N'est-ce pas parce que les Tierstein ont pour mission de protéger la relique ?

« Autre exemple : pourquoi le cardinal de Richelieu pousse-t-il les mercenaires suédois, l'armée d'un souverain protestant, à mettre le siège devant le Haut-Kœnigsbourg en 1633 ? N'est-ce pas que Richelieu sait que la lance est cachée au château, et qu'il ne contrôle pas ceux qui le possèdent alors ?

« Qui a incendié le Haut-Kœnigsbourg quelques semaines après le siège ? On a accusé les Suédois. N'est-ce pas plutôt ce même Richelieu qui en a donné l'ordre, pour que plus personne ne puisse y prendre garnison et risque de dénicher la Sainte-Lance ?

Le chanoine Obermeyer qui suivait bouche bée la démonstration de Holmes, leva timidement le doigt :

— Mais pourquoi avoir laissé la lance au château pendant sept siècles ?

— Bonne question. Vous savez qu'une réputation étonnante entoure cette Sainte-Lance. Celui qui la détient aurait des pouvoirs particuliers et notamment la suprématie militaire. Je suis sûr qu'Église et Empire ne voulaient pas la déplacer, craignant qu'un sacrilège brise l'enchantement.

« Puis, peut-être après la mort de Richelieu ou lors de la Révolution française, le secret est oublié. Mais pas par tous :

à Berlin, avant la guerre de 1870, certains se doutent qu'il y a *quelque chose* au Haut-Kœnigsbourg. Quand le *Reich* récupère l'Alsace-Lorraine, des agents explorent les ruines. En vain.

« Mais quelqu'un enquête, sans doute dans les archives à Berlin, et fait le lien entre le Haut-Kœnigsbourg et la Sainte-Lance. Je parie évidemment sur Xenia Honegger, spécialiste de Barberousse. Elle en parle à l'empereur Guillaume II. Il la prend au sérieux. Croit-il aux pouvoirs surnaturels de la lance ? J'en doute. Mais il sait la valeur des symboles. Détenir la Sainte-Lance, le faire savoir au moment opportun, c'est terroriser l'ennemi, surtout s'il est catholique ; c'est marquer la filiation par-dessus les siècles entre Frédéric Barberousse et Guillaume II. Bref, c'est réveiller l'empereur endormi dans la montagne... Et justement, la tension monte en Europe et on craint un conflit militaire.

« Guillaume met donc ses agents au travail : il faut que le château devienne sa propriété personnelle. La ville de Sélestat, qui ne sait rien, l'offre de bon gré. Et ensuite, il faut chercher, donc fouiller, creuser : le chantier de restauration en fournira le prétexte et la couverture !

J'étais ébloui. Tout devenait lumineux, quand Holmes démontait ainsi, pièce par pièce, une énigme. Pourtant, quelque chose me chiffonnait :

— Holmes, comment avez-vous compris qu'il s'agissait de cette lance, sainte ou non ?

— Cher Watson, c'était ma-thé-ma-ti-que. Le rapport Nonnenmacher, rédigé par notre pétulant chapelier de Sélestat, honorable correspondant du gouvernement français, évoquait une arme ou un système d'armes. Ses arguments : le secret quasi-militaire autour d'une partie du chantier au château et les réunions d'officiers autour de l'Empereur.

« Au début, j'ai donc pensé à un atelier travaillant pour l'armée. Par exemple une fabrique de gaz de combat ou un atelier de bombes particulières. Son installation au Haut-Kœnigsbourg aurait été dissimulée par la reconstruction du château. Mais il faut toujours se méfier de son imagination : je faisais fausse route. Le professeur Charles Muller m'a permis de corriger mon erreur. Il a couru dans les ruines quand il était petit garçon. Il connaît comme personne les châteaux médiévaux. Il suit en spécialiste tout ce qui se passe au Haut-Kœnigsbourg. Il aurait repéré inévitablement un “chantier parallèle” là-haut. Cela ne tenait donc pas.

« L'élément suivant, c'était cette journée d'octobre 1902, que s'est fait raconter Nonnenmacher. Durant les fouilles, trois ouvriers trouvent quelque chose. Quelque chose d'important que Xenia, historienne et agent secret, cherchait depuis des années. Elle est extrêmement vigilante – vous l'avez entendu – sur les objets trouvés durant les fouilles. Elle s'arrange pour tout savoir, parfois en débordant Ebhardt – il nous l'a dit lui-même. Ce soir-là, quand l'équipe annonce ce qu'elle a trouvé, Xenia comprend que sa course au trésor a abouti. C'est la lance, j'en suis sûr, qu'ont trouvée ce jour-là les trois ouvriers !

« Xenia s'en empare. Elle impose les trois jours de congé à l'ensemble du chantier, le temps de dissimuler de nouveau l'objet et de faire disparaître les indices de sa découverte. Mais les trois ouvriers ? Ils pourraient s'étonner qu'on ne parle plus jamais de cet objet qu'ils ont pourtant vu de leurs propres yeux, même s'ils n'ont pas compris sa valeur... Qu'importe ! Elle élimine ces trois témoins gênants, sans doute avec l'aide d'autres agents impériaux. Deux crimes seront maquillés en accidents du travail. Le troisième est

– vous l'aviez noté, Watson – un empoisonnement, celui du fameux *Charele*.

« Mais ce que ne sait pas Xenia, c'est que *Charele* avait compris ce qu'ils avaient trouvé. On nous l'a décrit comme un catholique fervent, qui avait pensé devenir prêtre, qui avait travaillé pour l'Église à Rome ! Il sait tout sur les reliques. Il a identifié la Sainte-Lance. Il a compris que Xenia s'en est emparée. Mais il ne proteste pas tout de suite : il hésite, il voudrait en parler à quelqu'un de confiance, peut-être à son évêque. Et il tombe malade. Donc, avant de mourir, il laisse deux messages. Le premier dit quel est l'objet trouvé au château…

— Comment cela ? Le dessin ?

— Oui, le dessin de l'agonisant. Souvenez-vous : un plan d'église, avec une croix à la croisée du transept, et un texte : « *Elle est fausse et ils ne le savent pas !* ». Il ne dessinait pas une église de Sélestat. Sa veuve nous l'a révélé : *Charele* a travaillé à Saint-Pierre de Rome. Qu'y a-t-il à la croisée du transept de la basilique Saint-Pierre ?

Le chanoine Obermeyer sursauta :

— Des statues géantes et des reliques !

— En effet, des reliques. Des morceaux de la vraie croix, des clous de la crucifixion, la couronne d'épines, le linge de sainte Véronique etc. Plusieurs reliques regroupées par les papes – qu'elles soient vraies ou fausses, d'ailleurs. La signification du dernier message du *Charele* s'imposait : une de ces reliques était fausse, et l'original, lui, était en fait au Haut-Kœnigsbourg.

« Mais quelle relique ? Nous savions, nous, qu'il s'agissait d'une arme. Elle était probablement liée aux temps évangéliques. Elle venait de Terre Sainte, puisque c'est sur le chemin des croisades que Frédéric Barberousse se la fait offrir par le Basileus de Byzance et qu'il y attache une valeur exceptionnelle. D'ailleurs, il ne la garde pas, mais il la fait acheminer au Haut-Kœnigsbourg. Or, des armes, dans les quatre évangiles qui racontent la vie de Jésus, il n'y en a pas beaucoup... j'ai vérifié dans la petite bible que m'a rapportée le fiston de l'hôtelier.

Le chanoine leva encore le doigt :

— Oui, il y a simplement l'épée qu'emploie saint Pierre pour couper l'oreille d'un serviteur du Temple au jardin des Oliviers – c'est dans saint Jean – et la lance de saint Longin, celle qui perce le corps du Christ après sa mort, au Golgotha – c'est dans saint Marc.

— Merci, monsieur le chanoine. Or, il n'a jamais été question de l'épée de saint Pierre à Saint-Pierre de Rome. En revanche, la basilique s'enorgueillit d'avoir la lance de saint Longin, la fameuse Sainte-Lance. D'ailleurs, l'une des statues géantes du transept représente ce centurion.

— Exactement, monsieur Holmes. Dans l'évangile, le soldat reste anonyme. C'est un texte tardif, l'Évangile de Nicodème, et la piété populaire, qui l'assimilent à un autre soldat des Évangiles, celui qui se convertit dans Matthieu. On lui donne donc le grade de centurion et ce nom de Longin, ou Longinus. On en fera un des premiers chrétiens de l'Église primitive – et plus tard un martyr.

— Parfaitement ! J'étais donc quasiment sûr, en sortant de cette petite maison d'Orschwiller, qu'il s'agissait de cette lance. À cela s'ajoutait un autre indice, que nous avait fourni Ebhardt.

Je m'étonnai :

— Ebhardt ? Mais je croyais qu'il n'était au courant de rien !

— Vous avez raison, Watson ! Il n'a aucun soupçon. Xenia l'a habilement manœuvré, c'était d'ailleurs sa mission. Mais elle n'a pu empêcher l'Empereur, lui, de fanfaronner. Souvenez-vous, quand nous avons visité le château, j'ai examiné à la loupe les premiers tracés de Schnug, le peintre alsacien, sur les murs de la salle du *Kaiser*... Il prévoit d'y dessiner un grand tournoi : le centre exact de cette fresque, la plus spectaculaire de la salle, sera... une lance. Et le dessin, légèrement estompé à cet endroit, me l'a prouvé : il a *commencé* son ébauche par cette lance ! J'ai donc posé la question à Ebhardt : l'Empereur avait-il inspiré les projets de Schnug ? Et il m'a répondu affirmativement. Bref, Guillaume II a commandé à Léo Schnug une fresque centrée *autour d'une lance*...

Le chanoine et moi-même étions époustouflés. La Sainte-Lance de la Passion du Christ dissimulée au Haut-Kœnigsbourg ! Des seigneurs et des clercs qui se repassent le secret au fil des siècles ! Finalement, un empereur qui s'en empare ! Le chanoine posa la question qui me brûlait les lèvres :

— Et le second message de l'ouvrier ?

— C'est sa confession avant de mourir. Sa veuve nous a dit qu'elle n'avait pas pu faire venir à son chevet le curé de la paroisse, mais qu'elle avait eu recours à un prêtre italien de passage. Le mourant et le prêtre ont parlé en italien – elle n'a donc rien compris – et ce dernier est parti brusquement, a-t-elle noté. Je suis convaincu que *Charele* a révélé en confession qu'il avait trouvé la Sainte-Lance et que Guillaume II voulait la garder. Si vous êtes prêtre, que vous apprenez qu'un chef d'État protestant a trouvé et volé une relique extraordinaire, que faites-vous, monsieur le chanoine ?

— J'essaie d'en faire part au Pape, bien sûr.

— Et c'est ce que fait le prêtre. À Rome, il est pris très au sérieux. Mais l'Église catholique a son rythme à elle : le dossier passe de bureau en bureau au Vatican pendant des années. Finalement, le résultat, nous le connaissons : c'est la mission Mustelkato ! Le Pape choisit monseigneur Sévère Mustelkato, un de ses meilleurs diplomates, qui a intrigué pour lui au conclave de 1903, qui connaît bien Guillaume II, qui a gagné sa confiance. Sa tâche, avec les pleins pouvoirs, c'est de récupérer la relique. Comme vous venez de nous le révéler, monsieur le chanoine, il choisit comme hommes de main une douzaine de séminaristes. Et il part avec eux pour une prétendue retraite près du Haut-Kœnigsbourg...

Holmes se tut un instant. Une serveuse nous apportait en effet le dessert : de larges parts de *Schwarzwälder*, en français *forêt-noire*, une pâtisserie crémeuse recouverte de copeaux de chocolat. Il reprit :

— Mustelkato pense avoir un peu de temps devant lui : il est le seul, croit-il, à avoir profité de la confession de l'ouvrier d'Orschwiller. Mais, une fois en Alsace, il déchante très vite. Il apprend que Sherlock Holmes et le docteur Watson viennent d'arriver sur place. Il comprend qu'il a de la concurrence, venue de Londres. Et c'est pour cela qu'il organise le cambriolage de nos chambres d'hôtel : il veut savoir où nous en sommes dans notre enquête...

J'avalais une copieuse bouchée de forêt-noire, essuyai ma moustache, et demandai :

— Mais pourquoi les séminaristes de Mustelkato arrachent-ils la gravure de Frédéric Barberousse dans un livre, au Grand Séminaire ? Pourquoi en laissent-ils un lambeau dans une de nos chambres ?

— Ils ne l'ont pas laissé exprès ! Rappelez-vous leur façon de pénétrer dans l'hôtel. Une échelle, le grenier, des trappes, des cordes... L'un d'eux a la gravure sur lui. Pourquoi ? Je ne sais pas, cela semble stupide, mais j'imagine que Mustelkato lui a demandé de se documenter sur Frédéric Barberousse. Le jeune séminariste, choisi plus pour sa docilité que pour son intelligence, a emporté la gravure pour comparer le dessin avec d'éventuels documents dans nos bagages. Il l'avait sans doute en main, pour se vanter auprès de ses camarades. Mais – notre parquet en portait clairement les traces dans la poussière – il lâche la corde un peu vite, tombe, perd le document. Il le cherche sous le lit et, par maladresse, le déchire contre l'un des ressorts du sommier...

— Et il vous laisse ainsi un indice précieux... Tout s'explique ! Félicitations, Holmes ! Vous avez démêlé cet écheveau avec brio.

— Merci Watson. Mais il nous reste beaucoup à faire. Nous savons que nous cherchons la Sainte-Lance et qu'elle est au château.

— Pourquoi au château ?

— Parce que Xenia y est encore régulièrement ! Et parce que l'Empereur apprécie le symbole. Mais où, au château ? Xenia Honegger l'a-t-elle remise là où l'avaient trouvée les trois ouvriers ? L'a-t-elle cachée ailleurs ? Qui a-t-elle mis dans la confidence ? Nous n'en savons rien. Et nous savons que Mustelkato est aussi en recherche. Il risque de nous prendre de vitesse.

Holmes se leva, avala d'une gorgée le café qui venait de nous être apporté, posa sa serviette sur la table, et tendit le bras pour attraper son manteau.

— Merci, monsieur le chanoine, vous nous avez beaucoup aidé. Venez, Watson ! Filons à l'hôtel nous préparer. Nous monterons au château cette nuit !

— Cette nuit ? Mais...

— Il le faut, même si cela peut devenir dangereux. Mustelkato n'attendra pas. L'homme est déterminé.

— Mais comment s'introduire au château, toutes portes fermées et, j'imagine, bien gardées ?

— J'ai mon idée, Watson. Vous verrez !

Il était déjà en train de s'élancer vers la porte. Le chanoine Obermeyer se leva de table et le prit par le bras :

— Monsieur Holmes, monsieur Holmes, il y a quelque chose qu'il faut absolument que vous sachiez !

Holmes se retourna, avec un sourire agacé :

— Et quoi donc, monsieur le chanoine ?

— Savez-vous comment reconnaître la Sainte-Lance ?

— J'imagine, oui, mais dites-moi.

À ce moment-là, deux jeunes serveuses commencèrent à débarrasser la table dans un grand bruit d'assiettes et de couverts. Je n'entendis pas ce que le chanoine disait à voix basse à mon ami. Mais, sur son visage, je surpris un vif intérêt.

— Vous avez tout à fait raison, monsieur le chanoine. Mustelkato le sait-il ?

— Cela m'étonnerait.

— Je vous remercie vivement, monsieur l'abbé Obermeyer. Si cette affaire se dénoue heureusement pour nous, cela sera largement grâce à vous. Merci encore. Venez, Watson !

Et Holmes s'engouffra par l'embrasure de la porte, où je le suivis dans la foulée.

Chapitre X

La chapelle des Tierstein

Vers minuit, nous quittâmes l'hôtel discrètement. À la demande de Holmes, je m'étais vêtu de sombre et j'avais empoché mon revolver. Il avait pris un sac avec quelques outils achetés à Strasbourg. La lune, à son premier quartier, éclairait faiblement la forêt. Nous marchions en silence, sans autre lumière, sur le sentier qui menait au Haut-Kœnigsbourg.

À courte distance du château, Holmes nous fit quitter le chemin emprunté à notre première visite. Il surprit mon geste d'étonnement. Il chuchota :

— Watson, nous n'entrerons pas au château par la grande porte. J'ai étudié les différentes possibilités. Pour être à peu près sûrs d'y pénétrer discrètement, nous allons faire comme l'eau.

— Comme l'eau ?

— Eh oui... Bodo Ebhardt nous a parlé de la station de pompage. Elle a été construite en 1901 pour alimenter le chantier et le château, grâce à un moteur à essence. J'ai regardé les cartes : la station est à environ cent mètres en contrebas du Haut-Kœnigsbourg, au sud-ouest, à côté d'une maison forestière. Entre elle et le château, il y a, évidemment, des tuyaux. Et ces tuyaux entrent dans le château !

— Vous voulez passer par là ?

— Exactement, Watson ! Là où passe l'eau, on n'empêchera pas Sherlock Holmes de passer !

Il avait raison. Nous arrivâmes bientôt à la station. Elle se composait en fait de deux petites maisonnettes de pierre côte à côte : la chambre de captage et la salle des pompes. Cette dernière était décorée d'un grand “W” sculpté dans la pierre. Derrière les deux édifices débouchait une conduite de fonte, à demi-enfouie dans le sol.

« Suivons-la, Watson, suivons-la », chuchota Holmes.

Facile à dire, un peu moins à faire. La conduite grimpait raide entre les sapins, dans une tranchée étroite, parfois remplie d'éboulis et de débris végétaux. Sous les arbres, nous n'y voyions goutte. Je soufflais un peu. Holmes respirait profondément. Mais finalement, la silhouette sombre du Haut-Kœnigsbourg, impressionnante, se dressa haute devant nous.

« Regardez, Watson, j'avais vu juste. Il y a un passage ! »

La conduite s'enfonçait sous le mur. Mais, en effet, une petite issue y avait été creusée, dissimulée par des arbustes et fermée d'une modeste porte de bois. Sans doute avait-elle servi pendant le chantier du système de pompage. En tous cas, elle correspondait parfaitement à notre dessein et constituait une entrée idéale dans le château, pour qui recherchait la discrétion.

Holmes, à la lueur de la lune, sortit une pince de son sac et entreprit la serrure. Elle ne résista pas longtemps.

« Venez. Mais pas un bruit. Ne réveillons personne. »

Nous entrâmes. Holmes tira doucement la porte derrière nous et alluma notre lampe-tempête. La petite pièce voûtée dans laquelle nous venions d'entrer abritait un réservoir, des conduites, des vannes, et un petit pupitre de commande. Sa porte n'était pas fermée à clef. Elle ouvrait sur une sorte de cour intérieure. Au moment de s'y engager, je questionnai Holmes :

— Quelle est votre idée ? Où voulez-vous chercher ?

— À la chapelle ! Je n'en suis pas sûr, mais il est probable que c'est là que la lance a été trouvée, et qu'elle a été laissée. Une relique, cela se met dans une église, non ? Guillaume II, protestant qui respecte l'Église catholique – vous avez vu qu'il est venu au mont Sainte-Odile – ne l'aurait pas déplacée. Et puis c'est dans la chapelle que j'ai croisé, comme par hasard, la jeune Xenia !

— Mais il faudrait creuser, fouiller! Nous n'avons pas les outils pour cette tâche !

— Vous auriez sans doute raison si nous étions venus avant 1902. La lance était probablement sous des dalles ou dans l'autel. Mais depuis sa découverte, elle a été replacée de façon plus accessible, à mon sens. Je ne crois pas qu'il faille beaucoup de temps pour la récupérer.

— Dieu vous entende, Holmes, car du temps, je ne crois pas que nous en ayons beaucoup...

La petite cour s'allongeait entre le rempart extérieur et le corps de logis principal du château. Pour y entrer, il fallait rejoindre la cour basse après le portail d'honneur. Holmes avait emporté de quoi crocheter les serrures mais, curieusement, aucune porte n'était fermée. Nous montâmes précautionneusement l'escalier intérieur pour rejoindre la cour haute. À chaque tournant, nous étions prêts à nous jeter dans l'ombre au moindre bruit. Mais il n'y avait personne.

« Ces Prussiens sont toujours les mêmes, murmura Holmes. Ils sont si sûrs d'eux qu'ils se contentent de garder les frontières, et oublient de protéger l'intérieur des terres.

C'est pareil ici. Je suis sûr qu'il y a une dizaine de gardes à la porte principale, et pas un chat dans le château ! »

Nous gravîmes silencieusement l'escalier octogonal, sous le regard – que j'imaginai courroucé – du dieu barbu de la clef de voûte. Au premier étage, Holmes nous emmena à tâtons à travers quelques chambres meublées. Je reconnus tout à coup un christ en croix peint sur le mur. Mon ami leva sa lampe : nous étions dans la chapelle.

« Procédons méthodiquement, Watson ! Nous ne cherchons pas une cachette de l'époque des Tierstein. Il nous faut simplement trouver ce qui a bougé depuis 1902. Ce ne doit pas être si difficile... »

Je soupirai. J'en étais moins sûr que lui. Dans le clair-obscur que découpait la lampe-tempête, je devinais le petit autel, apposé sous une fenêtre, quelques tableaux, des vitraux, et au-dessus de nos têtes la tribune qui permettait sans doute aux seigneurs de suivre la messe sans se mêler aux petites gens. À première vue, rien ne laissait soupçonner la cachette d'un objet précieux.

Holmes avait posé sa lampe sur l'autel et retiré son manteau. Il étendit les bras, fit craquer les jointures de ses longues mains. Puis il entreprit ce curieux ballet auquel j'avais déjà assisté plus d'une fois, quand il explorait le théâtre d'un crime ou d'une disparition : souple comme une anguille, il se coulait de mur en mur, passait les doigts sur le moindre escarpement de la pierre, s'arrêtait longuement devant tableaux et vitraux, les scrutait à la loupe comme s'il voulait en graver le souvenir dans sa mémoire, puis bondissait à l'autre extrémité de la pièce pour reprendre son examen. Il s'allongea même sur la dalle pour la faire sonner avec une clef. Au bout d'un instant, il se releva, s'épousseta, et hocha la tête :

« Se pourrait-il que je me sois trompé ? Je ne trouve rien. Mais vraiment rien. Watson, où peut-elle être, cette sacrée lance ? »

J'allais répondre, dire qu'elle pouvait être n'importe où dans cet immense Haut-Kœnigsbourg. Mais tout à coup, Holmes leva la main :

« Chut... Écoutez ! On vient. »

Je fis silence. Un moment, je n'entendis que mon cœur battre, et Holmes respirer. Puis je perçus des sons. En effet, des bruits feutrés provenaient de la cour intérieure : des pas, des voix. Ils résonnèrent soudain différemment, comme s'ils étaient amplifiés par les murs.

« Ils sont dans l'escalier. Ils vont passer ici. Venez Watson ! »

Holmes, d'une main preste, éteignit la lampe, s'en empara et me poussa vers la salle suivante. À la faible lueur de la lune, je devinais des armures, des hallebardes.

« C'est la salle d'armes, Watson. Ils arrivent. Il faut nous cacher, vite. Là ! »

Holmes venait d'aviser une grande armoire à colonnes, posée entre deux râteliers d'armes blanches. Il fit jouer la poignée : elle s'ouvrait.

« Allons. Heureusement que l'Empereur n'a pas poussé la reconstitution jusqu'à remplir les meubles d'habits du Moyen Âge ! »

Enjambant le bas de l'armoire, je rejoignis mon camarade et nous tirâmes les portes sur nous. Il était temps. La lueur de plusieurs lampes s'annonçait déjà à l'entrée de la pièce, projetant les ombres démesurées des armes sur les murs de la salle.

Je retenais mon souffle. Holmes me secoua par la manche, me montra du doigt les trous de serrure du meuble. Par là, nous allions pouvoir suivre la scène. Je m'accroupis en même temps que lui dans l'armoire, heureusement assez large pour nous y mouvoir. Au même instant, trois lampes entrèrent dans la pièce, qui nous éblouirent. Quand nos yeux y furent un peu habitués, je découvris plusieurs silhouettes. L'une semblait en robe. Une femme ? L'un des arrivants passa devant une lampe, atténuant la lumière directe. Ce geste me permis de découvrir... monseigneur Mustelkato !

Il était entouré de quatre jeunes gens en costume sombre. Des séminaristes, sans doute ! Ceux-là mêmes qui avaient fouillé nos bagages à l'hôtel, peut-être ! J'entendis le prélat donner des ordres :

— C'est là. Faisons vite ! Ils ne dormiront pas longtemps. Werther, vous avez le document. Relisez la description !

Le jeune séminariste qu'il venait d'interpeller sortit de sa poche un papier et s'approcha d'une des lampes :

— Eh bien, monseigneur, la lance portée par un soldat romain au Ier siècle pour surveiller des suppliciés, n'était sûrement pas une arme lourde, du type *pilum*. Les spécialistes jugent qu'elle devait être de type *hasta*. C'est-à-dire une lance légère, un javelot à lancer, quoi. Elle a une tête, *cupis*, en bronze, avec une pointe d'une trentaine de centimètres, pour frapper d'estoc. Elle a un manche, *hastile*, en général en frêne et d'un mètre cinquante environ. Et surtout, pour être romaine, elle doit avoir un pied de métal, *spiculum*, pour la planter en terre, ou même combattre avec l'arme brisée. Voilà...

— Qu'attendez-vous ? Vous avez entendu ! Cherchez !

La voix de Mustelkato était devenue sifflante. Les quatre séminaristes, agitant leurs lampes, passèrent en revue toutes les armes blanches exposées dans la salle : piques, hallebardes, fléaux, épées, guisarmes, haches... Tout à coup, l'un d'eux poussa un cri étouffé et fit un signe de croix :

— Là ! Monseigneur ! Là ! C'est la lance !

Les séminaristes se regroupèrent vivement devant le lieu que désignait leur condisciple. Mustelkato les écarta et se pencha vers l'arme – une sorte de javelot, en effet, à quelques mètres de notre armoire. Le légat du pape murmura :

— *Cupis, hastile, spiculum* : tout y est, c'est vrai ! Et regardez comme elle brille ! C'est la Sainte-Lance. Quelle perversité que de l'avoir dissimulée au milieu de ces armes médiévales ! Apportez le coffre !

L'un des séminaristes leva le doigt :

— Ne devrions-nous pas dire une prière, monseigneur ? Cette arme a meurtri la chair sacrée de Notre Seigneur...

— Plus tard, jeune homme, plus tard ! Je vous promets que nous prierons très longuement quand elle sera à l'abri, d'abord au séminaire, puis à Saint-Pierre. Mais là, nous n'avons pas le temps ! Embarquez-la !

Deux des jeunes clercs avaient apporté un longue boîte de bois que je n'avais pas remarquée jusque-là. Ils la posèrent devant le râtelier d'armes. Ils hésitaient. Mustelkato s'irrita :

« Que vous arrive-t-il ? Ah, je vois. Vous avez peur de toucher cette lance. Mais ce n'est pas un sacrilège, bande de couards ! Ce n'est que pour rendre son bien à la sainte Église catholique romaine que nous nous chargeons de ce précieux dépôt. Vous êtes trop bêtes ! »

Et le prélat tendit son bras vers l'arme. J'étais fasciné. Je m'attendais presque à voir, au moment où sa main touchait la hampe, surgir un éclair de feu ou un ange en colère. Mais il ne se passa rien. Mustelkato dégagea la lance de son emplacement, la tourna, l'examina, puis la coucha dans le coffre qu'un séminariste referma soigneusement.

« Voilà, rien de plus simple ! Et maintenant, nous filons ! »

Deux séminaristes prirent les poignées du coffre. Mustelkato et les deux autres saisirent les lampes. Le groupe allait sortir. Ma vieille blessure de guerre, réveillée par cette inconfortable position accroupie, me faisait souffrir. Pour me soulager, je fis un mouvement involontaire. Le plancher de l'armoire grinça horriblement. Pourvu que... Mustelkato arrêta son pas. Se découpant sur une des lampes, je voyais son profil. Il réfléchissait. Puis il fit un geste de la main.

« Allons, jeunes gens, dépêchons-nous ! La lance doit être au séminaire cette nuit ! »

Le groupe sortit de la pièce. La lueur des lampes éclaira quelques secondes les murs de la salle, puis s'estompa. Nous entendîmes les pas s'éloigner, dans les salles, puis dans l'escalier octogonal. Je poussai la porte de l'armoire.

— Ouf ! J'ai bien cru qu'ils nous avait repérés. Je suis désolé, Holmes, mais ma vieille douleur s'est brusquement réveillée...

— Rien de grave, Watson. Ils étaient trop enthousiastes de leur découverte pour faire attention à tous les bruits. Et ce château doit aussi héberger oiseaux et rongeurs... Vous avez entendu : il a dit « Ils ne dormiront pas longtemps ! » Cela explique pourquoi nous sommes entrés ici comme dans un moulin : Mustelkato et ses sbires ont dû user d'un somnifère pour endormir les gardiens. Il ne faut pas nous attarder non plus.

Nous étions sortis de l'armoire. Je désignai la place, vide maintenant, où avait été dérobée la lance :

« Ils nous ont pris de vitesse ! C'est trop stupide ! Dire que vous aviez tout déduit avec si peu d'éléments, sauf qu'elle serait cachée parmi les armes blanches... »

Holmes ne répondit pas. Il me poussait par le bras à travers les logis. Nous descendîmes l'escalier. On n'entendait plus rien : Mustelkato et ses acolytes devaient être déjà loin. Nous retrouvâmes vite la cour à laquelle aboutissait la conduite d'eau. La porte de bois était là. Je tentai de l'ouvrir, mais elle résista. Holmes étouffa un juron.

— Elle est bouclée, constata-t-il.

Il se pencha sur la serrure :

— Et en plus, impossible à crocheter : ils l'ont bourrée de... Mais c'est de la colle !

— Holmes, ils nous entendus, tout à l'heure, ils veulent nous coincer dans le château.

— Watson, je vous fais aimablement remarquer qu'ils *vous* ont entendu. Mais, en effet, vous avez raison : Mustelkato voudrait nous faire porter le chapeau de la disparition de la lance qu'il n'aurait pas agi autrement ! Et, comme nous, il avait pensé au chemin de la conduite d'eau. Pour un peu, nous nous serions croisés dans la forêt. Venez, il faut trouver une autre sortie !

Holmes m'entraîna de nouveau dans la cour basse. Son œil d'aigle scrutait la nuit. Tout à coup, il me désigna une fenêtre, au deuxième étage, à quelque dix mètres au-dessus de nos têtes :

— Regardez, là, il y a quelqu'un qui ne dort pas.

Je levai la tête. À contre-jour, nous devinions en effet une silhouette, comme penchée sur un ouvrage. Le profil était élégant. La chevelure était bouclée.

— Xenia, c'est Xenia. Elle travaille au château.

— Oui, alors qu'elle loge à l'hôtel du Haut-Kœnigsbourg. Étonnant, non ? Et cette pièce, si je ne me trompe pas, est le cabinet de travail de l'Empereur, une des parties les plus secrètes du château. Décidément, cette femme m'intrigue de plus en plus. Mais je crois avoir trouvé la solution à notre petit problème...

Holmes me montra une grosse clef, accrochée en hauteur au montant de la porte principale.

— Dans ce sens-là, pas de problème. Les gardiens dorment, et la clef est sur la porte...

— Mais nous allons être obligés de la laisser à l'extérieur. Ils se douteront de quelque chose à leur réveil.

Holmes me regarda, amusé.

— Ah ça oui, ils en déduiront que les voleurs de la lance sont passés par la porte. Et qu'ils ont eu l'élégance de laisser la clef derrière eux.

En souriant, Holmes s'empara de la grosse clef et ouvrit le portail. Nous sortîmes rapidement. Il réengagea en effet la clef dans la serrure et, avec un petit rire de gorge, la tourna.

« Voilà, bouclons à double tour le château de la belle au bois dormant... »

Nous nous engageâmes dans les sous-bois. Je m'étonnai :

— Holmes, je vous trouve bien gai, alors que nous venons de subir une terrible défaite. Mustelkato a la lance ! Le Pape l'aura bientôt. Guillaume va être fou de rage ! Cela va provoquer un scandale diplomatique entre Berlin et le Vatican. Nous n'aurons rien pu éviter ! C'est une catastrophe !

À la lueur de la lune, je vis mon ami se retourner. Ses yeux pétillaient d'espièglerie :

— Watson ! Croyez-vous vraiment que Mustelkato ait mis la main sur la Sainte-Lance ? Non, il s'est laissé abuser. Il est tombé dans un piège de Xenia. De la même façon qu'elle m'a sciemment envoyé vers la chapelle – et j'ai failli me faire avoir –, elle l'a aiguillé, lui, vers la salle d'armes. Deux fausses pistes ! Il croit avoir la lance, mais elle est toujours au château.

« Watson, croyez-vous vraiment que la Sainte-Lance soit ce javelot ridicule, au métal brillant et au bois ciré ? Le chanoine Obermeyer a eu l'amabilité d'attirer mon attention sur ce point. La lance de Longin a deux mille ans : c'est, au mieux, une pointe déformée de métal noirci ! Elle n'a plus de manche, elle est usée, rouillée, abîmée. Sauf à croire que le sang du Christ l'a préservée de toute corruption, évidemment. Mais, ça, vous le savez bien, ce n'est pas une hypothèse valable à mes yeux !

Chapitre XI

Le corps du délit

— Watson, je suis désolé d'insister, mais je crois que c'est à vous d'y aller.

Nous étions attablés dans la salle à manger de notre hôtel, devant le petit-déjeuner. L'aubergiste, discret, ne nous avait pas interrogés sur notre nuit d'expédition. Mais il nous avait servi un excellent café pour nous remettre d'aplomb après quelques heures de sommeil. Holmes étalait consciencieusement un produit vert sur un toast.

— Vous devriez essayer, Watson, c'est de la confiture de rhubarbe ! Cela vaut presque la marmelade d'oranges !

— Merci Holmes, je vais me contenter de cette gelée de cerises. Mais... vous croyez vraiment que je pourrais apprendre quelque chose ?

De fait, Holmes tentait de me convaincre de fouiller la chambre de Xenia, à l'hôtel du Haut-Kœnigsbourg. Il l'aurait bien fait, lui. Mais si, par hasard, elle le croisait autour de l'hôtel, elle le reconnaîtrait sans peine. Elle l'avait vu au château, dans la chapelle, le jour de la réception. Elle avait échangé quelques phrases avec lui. Moi, elle ne m'avait sans doute même pas aperçu, puisque je n'étais pas sorti de la salle du *Kaiser*, où elle n'était pas entrée.

Mon lecteur me connaît : je ne crois pas manquer de courage, quand il le faut. Et je l'ai démontré, d'abord pour mon pays en Orient, ensuite aux côtés de Sherlock Holmes dans quelques affaires dont le danger n'était pas absent. En revanche m'introduire dans la chambre de cette jeune femme ne me plaisait guère. Si on m'y trouvait, à quoi penserait-on ? Mais quand Holmes avait une idée fixe, rien ne pouvait l'en écarter.

— Watson, j'ai tout manigancé avec Laurent Meyer, notre hôtelier. Il a bavardé hier avec son collègue de l'hôtel du Haut-Kœnigsbourg. Il a appris qu'il y a là-bas deux vieilles touristes anglaises qui sont arrivées après le départ de l'Empereur et de sa suite. L'une d'elles a l'air fatigué, lui a dit son collègue, qui la croit malade et en était un peu ennuyé. Vous êtes anglais, vous êtes médecin. Vous arrivez à l'hôtel en prétextant que Miss Adela – c'est son nom – vous a fait appeler. Elle sera sortie, elle et son amie font une promenade dans les bois chaque matin entre dix et onze heures. Vous demanderez si vous pouvez l'attendre. Vous insisterez pour être à l'étage, où il y a une petite salle de lecture.

« Quand vous serez seul, vous agirez vite. Vous ouvrirez la fenêtre de la salle. Le balcon est commun avec la chambre de Xenia. Elle n'y a pas dormi : nous l'avons vue au château. Une femme seule ne serait jamais redescendue dans la forêt à trois heures du matin. Elle ne sera pas à l'hôtel. Dix heures, c'est l'heure où les femmes de chambre aèrent quand les hôtes sont sortis, m'assure notre hôtelier. Donc vous entrerez sans peine. Et là, vous regarderez tout : le courrier sur la table, les armoires, les livres. Ne cherchez pas à comprendre, contentez-vous d'enregistrer, pour tout me rapporter fidèlement.

J'étais un peu vexé :

— Bien sûr, tout à fait, j'ai compris, Holmes. Bon, je vais y aller... Mais si la Miss Adela rentre alors que je suis encore sur les lieux ?

— Eh bien, vous l'ausculterez. Ces vieilles demoiselles anglaises sont trop contentes qu'on s'occupe d'elles pour se préoccuper d'une aussi modeste bizarrerie qu'un médecin de leur pays qui se présente sans qu'on l'ait appelé.

— Bon.

— Bravo, Watson, je savais que je pouvais, une fois encore, compter sur vous ! Quant à moi, j'ai à faire dans les environs. Il me faut vérifier quelque chose.

Je ne dénie pas à Holmes de grandes capacités d'organisation, mais il ne pouvait tout prévoir. La première personne que je croisais en arrivant à l'hôtel du Haut-Kœnigsbourg fut... Xenia Honegger ! Heureusement, elle ne pouvait me voir : je descendais de la charrette à cheval qui m'y avait amené et j'étais dissimulé par le cocher pendant qu'elle passait en bicyclette. En contemplant sa jolie silhouette qui s'éloignait sur la route, mon cocher ne put se retenir :

— Jolie brin de fille, cette Allemande, sauf votre respect, docteur. Mais elle n'est pas sympathique pour un *Pfennig*.

— Ah bon. Peut-être un peu hautaine ?

— Pire que ça, docteur. Elle ne vous regarde même pas. Comme si on était transparent. Là, elle va à Sélestat, je pense. Elle va voir régulièrement le sous-préfet ou les officiers allemands. On dit qu'ils font ses quatre volontés. Elle a des papiers de l'Empereur qui lui donnent plein de droits.

— De l'Empereur ?

— Oh, ce n'est pas ce que vous croyez, docteur. Pas de coucheries entre elle et Guillaume. Mais elle est puissante comme un ministre. Et ça n'a pas trente ans, avec ses bouclettes ! Enfin, ce qui me console, c'est qu'elle va se faire saucer !

— Saucer ?

— Oui, tremper. Elle est à bicyclette, et la pluie va tomber dans dix minutes, croyez-en un vrai paysan !

J'étais rassuré : Xenia était absente pour un moment. Notre stratagème allait réussir. Je me présentai donc à l'hôtelier en lui expliquant que j'avais été appelé pour Miss Adela, souffrante. À mon accent – et peut-être à mon vêtement – il me reconnut tout de suite comme un sujet de sa majesté.

— Ah, quelle chance qu'il y ait un médecin anglais dans le coin ! Mais, vous savez, elle sont sorties, Miss Adela et son amie. Elles marchent dans la forêt, comme tous les jours. Voulez-vous les attendre ou plutôt repasser, docteur... ?

— Watson, docteur Watson. Je préférerais attendre. Vous n'avez pas une petite salle tranquille où je puisse m'installer, avec quelques livres ou les journaux par exemple ?

— Ah si bien sûr ! Venez ! Je vous emmène dans la salle de lecture. Vous serez tout près de la chambre de Miss Adela, c'est au même étage. Je la préviendrai quand elle rentrera.

Tout s'enchaînait comme prévu. L'hôtelier m'installa dans ce petit salon, près d'une imposante bibliothèque de livres anciens – tous en allemand – et referma la porte. Aussitôt, je me relevai du fauteuil de cuir, et ouvris la porte-fenêtre. Le balcon était bien là, entouré d'un garde-corps en fer forgé. Je m'y glissai. Une, deux, trois chambres : ce devait être maintenant celle de Xenia.

Comme prévu, sa fenêtre était entrouverte. Je regardai : la chambre était vide. Je poussai le battant, enjambai le muret. Le plancher, sous un épais tapis, grinça à peine. J'étais dans la place. Au même moment, la pluie commença à tomber : je ne m'étais même pas mouillé.

Je fis un rapide tour d'horizon : un bureau, du style *bonheur-du-jour*[1], couvert de papiers, deux fauteuils près d'une petite table, le lit encore défait, avec quelques vêtements féminins jetés en travers, aux patères plusieurs manteaux, dans une vaste penderie des robes accrochées, et trois livres sur la table de chevet.

Je les pris en main l'un après l'autre : un épais manuel d'histoire médiévale, un recueil de poésie en allemand, et... c'était trop fort ! Je n'en crus pas mes yeux : *Arsène Lupin contre Herlock Sholmès,* cette curieuse parodie qu'un feuilletoniste français, Maurice Leblanc, avait fait paraître l'année précédente. Il y met en scène mon ami affrontant un soi-disant « gentleman-cambrioleur », pur personnage de roman !

Étonnant : si cette jeune femme voulait se renseigner sur les méthodes de Holmes, n'aurait-elle pas dû lire mes ouvrages plutôt que cette fiction, amusante mais peu perspicace ?

Je visitai rapidement la salle de bains. Je n'y remarquai rien de notable, sinon les nombreux colifichets dont s'embarrassent aujourd'hui certaines femmes. Pas de médicaments. Je revins vers le bureau. Il y avait là des photographies du chantier du Haut-Kœnigsbourg, des notes sur l'histoire du château, des billets de train Strasbourg-Berlin – dont certains anciens puisque poinçonnés –, le carton d'invitation à la réception de l'Empereur la semaine précédente, adressée à *Mlle Xenia*

[1] en français dans le texte

Honegger, historienne médiéviste, quelques factures. Et puis une lettre.

Une lettre, ou plutôt un brouillon, me dis-je. Les formules d'en-tête et de politesse manquaient, il ne s'agissait que d'un passage que l'auteur avait voulu soigner davantage que le reste de la lettre et qu'il avait rédigé à part avant de le recopier. C'était Xenia, à coup sûr ; l'écriture était fine et élégante, la même que pour les notes historiques.

Fébrile, je pris le papier en main. Je déchiffrai, écrit dans le français diplomatique de notre siècle, un texte qui me fit trembler : *L'envoyé du Pape a été abusé par mon stratagème. Quant au grand détective anglais, il rame sur de fausses pistes. Je suis désormais seule à savoir où est la S.L. S'il m'arrivait quelque chose, à moi, votre joli dragon, vous pourrez dire à Bodo, pour la retrouver, que le Vieux l'avait si longtemps gardée dans le Petit, que je l'ai confiée maintenant au Jeune dans le Grand. Il comprendra à coup sûr.*

J'étais tout excité. La S.L., c'était clairement la Sainte-Lance ! Mais le Grand, le Petit, le Vieux, le Jeune ? Pourquoi Bodo Ebhardt, qui ne savait rien de la lance, pourrait-il la dénicher avec cette formule énigmatique ? Il fallait que j'en parle très vite à Holmes.

Chaque mot comptait dans ces quelques phrases à clefs. Je recopiai donc soigneusement le passage. Tout à coup, je sursautai : des pas dans la couloir. Rapides et légers. Une femme de chambre ? Ou Xenia ? Que faire ? Le balcon ? Mais il pleuvait à verse – l'eau d'ailleurs commençait à dégouliner sur le plancher par la fenêtre ouverte. Je n'avais pas le temps de tergiverser : je m'engouffrai dans la penderie au moment même où la clef tournait dans la serrure.

Je suspendis mon souffle. Quelle malchance ! Après l'armoire de la salle d'armes la nuit dernière, être contraint de se réfugier dans la penderie de cet hôtel. Et dans la chambre d'une jeune femme ! Décidément, Holmes m'avait mis dans de beaux draps. La personne referma la porte, sans donner un tour de clef. J'entendis son pas tout près de moi. Etait-ce simplement une employée de l'hôtel venue refermer les fenêtres en raison de la pluie ?

Je risquai un regard par le fin interstice qui séparait les deux portes de la penderie. Je ne voyais qu'une mince portion de la chambre, incluant le bureau. La personne était à droite, et elle soupirait. Aux bruits, je compris qu'elle retirait un vêtement. Peut-être un manteau ? Tout à coup, elle s'avança dans mon champ de vision. Silhouette élégante, gestes brusques. Un instant, je vis son visage : c'était Xenia.

Le cocher l'avait prédit : elle avait été « saucée ». Ses boucles pendaient sur son visage. Son ensemble de vélo – un costume avec pantalon – était tout mouillé. Je compris tout à coup mon erreur. J'aurais dû le prévoir : surprise à bicyclette par la pluie violente, elle avait rebroussé chemin. J'étais piégé.

Xenia s'assit sur le lit. Elle enleva, l'une après l'autre, ses bottes. Elle se releva, me tournant le dos. Elle enleva sa veste, son... pantalon, puis – j'étais profondément gêné – le reste de ses vêtements, il est vrai tout trempés. Nue comme une statue de parc public, elle s'étira, puis s'approcha du bureau. Je fermai les yeux : je suis un homme d'honneur. Mais elle poussa une exclamation étouffée. Pourquoi ? Avais-je maladroitement laissé un indice de mon examen de ses papiers ? Il me fallut bien de nouveau ouvrir les yeux.

La jeune femme nue, que je ne voyais que de dos, venait de prendre en main le brouillon de la lettre, celui-là même que je venais de lire. Elle le froissa, le posa sur une coupelle de métal. D'un tiroir du bureau elle sortit une boîte d'allumettes. Elle enflamma le papier qui se consuma en quelques secondes. Elle prit alors la coupelle, et, malgré la pluie, alla jeter les cendres par la fenêtre encore ouverte. Sa gracieuse silhouette, dénudée, devant le rideau de pluie et les grands sapins, aurait pu inspirer un peintre – je pensais à Etty ou encore à Bouguereau – et pour ma part, bien que je fusse assez mal à l'aise, j'en notai le romantisme.

Mais le tableau se défit : Xenia virevolta, ferma la fenêtre, et glissa dans la salle de bain en passant à quelques dizaines de centimètres de ma cachette. J'entendis des bruits d'eau, des froissements d'étoffe. À un moment, un bras nu vînt décrocher une robe dans la penderie – heureusement par la porte voisine de la mienne. Puis j'entrevis la silhouette de la jeune femme qui traversa la pièce en coup de vent. Elle ouvrit sa porte. Elle la claqua et j'entendis son pas qui s'éloignait dans le couloir.

Je soufflai. Je sortis lentement de la penderie, contemplai le bureau. Xenia avait-elle distingué, malgré mes précautions, des indices de ma fouille ? En tous cas, elle ne s'était pas doutée de ma présence dans son dos pendant qu'elle se changeait, pensais-je. Je rouvris la fenêtre, passai sur le balcon – la pluie était maintenant moins dense – rentrai dans la salle de lecture et me jetai dans le fauteuil.

Il était temps ! J'entendis dans le couloir comme un pépiement... dans la langue de Shakespeare ! C'était Miss Adela et son amie, tout émoustillées de leur prochaine rencontre avec un médecin de leur pays.

Je passe sur la pénible consultation à laquelle il me fallut bien me prêter. Miss Adela était en parfaite santé – et je n'ai rencontré qu'une seule personne aussi bavarde qu'elle : son amie ! Bref, je perdis une bonne demi-heure avec les deux demoiselles. Enfin, après avoir prescrit quelques médicaments anodins, je pus redescendre à l'accueil.

En passant, échangeant deux phrases avec l'hôtelier, je jetai un œil dans la salle à manger. Xenia, à une table, buvait une boisson chaude. Au fond, pourquoi ne pas l'observer un peu – en tout bien tout honneur, maintenant – puisqu'elle ne me connaissait pas ? Et un thé chaud me ferait aussi du bien.

Je m'installai à une autre table, à quelque distance, après l'avoir saluée d'un discret hochement de tête, auquel elle répondit furtivement. Je commandai un thé vert, que le garçon m'apporta rapidement. Je le bus à petites gorgées en surveillant Xenia du coin de l'œil : elle avait pris un journal qui la dissimulait presque entièrement.

À un moment, elle héla le garçon, sans lever les yeux de sa lecture.

« Un autre café, s'il vous plaît ! »

Le serveur la regarda avec un peu d'effronterie, me sembla-t-il. Nonchalant, il retourna vers le bar. J'avais déjà eu des échos sur la façon dont la jeune femme se comportait face aux petites gens : je pense qu'elle n'avait guère su se faire apprécier à l'hôtel.

Il y avait décidément deux femmes en elle : la peinture tout en grâce que j'avais entrevue, avec sa fragilité émouvante, et la hautaine et cassante intrigante, agent secret du *Kaiser*. Mais ma collaboration avec Holmes, autant que ma clientèle médicale, m'ont appris que bien des êtres sont ainsi à deux faces...

Je feuilletais distraitement une brochure posée sur ma table quand je fus surpris par un bruit de vaisselle cassée et un cri strident. Je levai les yeux promptement. Xenia était debout, avec un archipel de taches de café sur sa robe. Tasse et soucoupe cassées étaient sur le sol. Le serveur la regardait avec une hostilité qui m'indigna. Il s'exclama :

— Mais enfin, ma petite dame, on ne fait pas des grands gestes comme ça ! Vous m'avez fait tout lâcher !

Xenia répondit sur le même ton :

— Garçon, c'est vous qui êtes d'une impossible maladresse ! À moins que vous l'ayez fait exprès !

— Exprès ? Dites-moi, ma petite dame, faudrait pas accuser les gens comme ça. Ou vous allez voir...

Il lui saisit le poignet. Mon sang ne fit qu'un tour. Je me levai brusquement, fis quelques pas, et pris le jeune impertinent par le bras :

— Cela suffit, mon garçon ! Reprenez votre sang-froid ! Disparaissez, maintenant.

Il leva le bras, il allait pour me frapper, quand il vit qu'à la porte étaient apparus l'hôtelier et plusieurs employées, étonnés du tapage. Décontenancé, il recula en maugréant et sortit de la salle. Une femme de chambre se précipita sur Xenia avec une serviette et entreprit de nettoyer le café sur sa robe. L'hôtelier vint s'excuser pour ce comportement inadmissible, assura que le coupable, déjà repéré, serait châtié, et promit de s'en séparer. Je restai là, les bras ballants, pendant cette conversation. J'allais retourner à ma table...

« Docteur Watson, je vous en prie, asseyez-vous avec moi. Vous avez été très chevaleresque et je vous en remercie vivement. »

Xenia m'offrait son plus beau sourire. Je rosis. Mais comment connaissait-elle mon nom ? Je m'en étonnai.

— Docteur, ce n'est pas parce que vous fréquentez un homme doué d'un sens aigu de la déduction qu'il faut croire que tous les autres êtres humains en sont dépourvus. J'ai croisé votre ami Sherlock Holmes au château il y a quelques jours. Il est en mission, c'est clair. Et nous savons qu'il mène la plupart de ses enquêtes avec vous – vos écrits en témoignent ensuite. Vous étiez donc aussi en Alsace, c'était évident.

— Vous connaissiez mon visage ?

— Pas du tout. Mais je suis dans cette salle à manger depuis une bonne demi-heure. J'avais prévu une course à Sélestat, mais j'ai été surprise par la pluie sur ma bicyclette et suis revenue précipitamment. Comme je buvais un café pour me réchauffer, j'ai entendu une employée qui a parlé du « médecin anglais si gentil qui s'occupait des vieilles demoiselles du deuxième ». Le lien était facile à établir.

— Oui, je comprends. Il ne doit pas y avoir beaucoup de médecins anglais par ici.

— Absolument. Et je vois que, de la même façon que vous volez au secours d'une vieille compatriote souffrante, vous savez aussi vous mettre au service d'une jeune Allemande importunée par un malappris !

J'étais confus. Et sous le charme. Elle avait si joliment fait bouger ses boucles dorées et son petit nez espiègle en me disant sa gratitude... L'hôtelier nous apporta un café et un thé, ainsi qu'une assiette de petites pâtisseries :

« Cadeaux de la maison, cela va de soi après cet incident impardonnable ! » nous précisa-t-il, en s'inclinant cérémonieusement.

Xenia sourit :

— Regardez, docteur, ces gâteaux sont tout petits : on peut ainsi se faire plaisir sans avoir trop à craindre pour sa ligne...

— Mademoiselle, la vôtre ne craint rien : elle est irréprochable.

Je revis dans ma tête l'image de la jeune femme, nue, dans l'embrasure de la fenêtre. Je me sentis légèrement rougir.

— Oh, vous êtes trop aimable, docteur Watson ! Je suis sportive, voilà tout. Mais je vous trouve l'œil bien exercé pour juger la silhouette d'une femme que vous n'avez vue qu'assise derrière une table de restaurant... Il est vrai que vous êtes médecin.

J'étais déjà rouge, je devins écarlate. Se pouvait-il que...? Comment aurait-elle pu se douter de ma présence dans sa chambre tout à l'heure ? Elle se pencha vers moi en fronçant le nez comme si elle ne voyait pas mon trouble :

— Docteur, pouvez-vous me dire un mot de l'enquête que vous menez, monsieur Sherlock Holmes et vous ? Sans trahir de secret, n'est-ce pas ?

— Eh bien, en fait, nous avons quitté le terrain du crime. Nous nous sommes trouvé un violon d'Ingres : les châteaux du Moyen Âge.

— Ah ! D'où votre présence au Haut-Kœnigsbourg ?

— En effet, et d'autant plus qu'une société savante nous a demandé une étude sur la reconstruction de châteaux de ce type. Nous avons été à Pierrefonds, par exemple...

— Très intéressant. Vous savez que je suis historienne, et spécialisée dans les châteaux médiévaux ?

— On me l'a dit. Bodo Ebhardt nous a parlé de vous. En d'excellents termes, d'ailleurs.

Notre conversation prenait un tour très agréable. Xenia m'expliqua qu'elle était envoyée par l'université impériale de Berlin auprès de l'architecte pour écrire une histoire du Haut-Kœnigsbourg. Elle devait y intégrer la reconstruction du début de ce siècle. Elle était arrivée dès le début, quand le château avait été offert à l'Empereur.

— J'avais tout juste vingt ans, j'étais toute enthousiaste alors, quelle belle tâche !

Je fis un rapide calcul mental. Elle allait sur ses trente ans maintenant.

— Cela fait donc dix ans. Votre enthousiasme est-il intact ?

— Oh non, je dois l'avouer. Au début, c'était passionnant, nous fouillions, nous creusions, nous trouvions plein d'objets. Je noircissais des pages et des pages. Nous discutions avec Bodo de ses projets. Je faisais le point avec les ouvriers. Mais petit à petit le chantier a avancé, et mon rôle s'est amoindri. J'ai continué à écrire : j'ai de quoi faire plusieurs tomes ! Mais je m'enterre un peu au château. Vous savez, je n'arrive à aller que de temps en temps à Berlin, ce travail est très prenant.

J'étais apitoyé. Elle me prenait pour confident, moi qui étais venu l'espionner, et dans quelles indélicates circonstances ! Ses yeux étaient légèrement humides et ses lèvres tremblaient :

— Vous savez, docteur Watson, je voudrais voyager, voir Paris, Londres, Rome, m'occuper un peu de ma vie privée – je suis très seule ici –, vivre un peu comme les femmes de mon âge ! Mais l'université est inflexible : il faut que je termine mon ouvrage. Comme c'est une commande officielle de l'Empereur...

— De l'Empereur ?

— Oui, il veut que mon livre démontre le lien sans rupture entre Frédéric Barberousse et lui, à travers les siècles. Vous savez, l'histoire et l'archéologie, c'est aussi de la politique.

— Oh oui, je le sais bien.

J'étais attendri. Je voyais cette ravissante érudite engluée dans une œuvre de propagande, presque embastillée dans cette sombre bâtisse, si loin de chez elle, contrecarrée dans les désirs légitimes d'une jeune femme du XXe siècle. En même temps, je me méfiais un peu : je me souvenais de tout ce qu'on m'avait dit d'elle. Et puis, elle avait trop vite compris qui j'étais. Elle avait suggéré si malicieusement que j'en savais beaucoup sur son corps délié... J'étais un peu perdu. Qui était-elle ? Que cachait-elle ? Ange ou démon ? « Joli dragon », avait-elle écrit à l'Empereur...

— Docteur, regardez, le soleil est revenu. Je vais repartir à Sélestat. Je dois poster un pli important pour Berlin.

— Voulez-vous que je vous y fasse conduire ? Mon cocher devait m'attendre pour onze heures, il doit patienter devant l'hôtel.

— Oh, c'est très gentil de votre part, mais j'y serai plus vite à bicyclette. J'ai été ravie de faire votre connaissance. Je vous savais un enquêteur perspicace, bien sûr. Mais j'ai découvert aussi un homme bon et séduisant, attentif et délicat, qui sait quand il convient de parler aux jeunes femmes et quand il est bon de se taire. Au revoir, docteur.

Elle se leva avec un délicieux mouvement de tête et me tendit la main. Je la portai à mes lèvres un peu gauchement. Elle pivota sur elle-même, traversa la salle d'un trait, comme une danseuse qui prépare un entrechat, et sortit sans se retourner.

Une heure plus tard, j'étais au Schaentzel. Holmes rentra peu après de Sélestat. Il portait deux paniers de bouteilles de vin d'Alsace ; « En souvenir », expliqua-t-il devant mon air perplexe. « J'ai vu des villages pittoresques et des caves accueillantes ». J'étais un peu étonné : pendant que je risquai d'être surpris dans la chambre d'une jeune femme, mon ami faisait des emplettes...

Nous déjeunâmes à l'hôtel, sur la terrasse que rendait accessible le beau temps retrouvé. Je fis le compte-rendu de ma visite clandestine dans la chambre de Xenia Honegger – taisant certains détails qui n'apportaient rien à notre enquête. S'il fut contrarié de s'être trompé – après tout, Xenia était là, alors qu'il la pensait au château –, il n'en montra rien. Il s'amusa de ce tête-à-tête inattendu entre la jeune femme et moi, après l'incident de la tasse renversée.

Mais surtout, je lui relus mot à mot la phrase mystérieuse que l'historienne avait écrite pour l'Empereur, et qu'elle avait dû poster en fin de matinée.

— Elle disait très exactement ceci : *L'envoyé du Pape a été abusé par mon stratagème. Quant au grand détective anglais, il rame sur de fausses pistes...*

— Quoi ?

Holmes me prit des mains la feuille de carnet, de façon un peu brutale. Il poursuivit la lecture :

— *Il rame sur des fausses pistes* – La chapelle, oui, mais pour le reste, j'ai été bien plus vite qu'elle l'avait pensé – *Je suis désormais seule à savoir où est la S.L.* – Plus pour longtemps, Watson – *S'il m'arrivait quelque chose, à moi, votre joli dragon* – Cela lui va assez bien, ma foi – *vous pourrez dire à Bodo, pour la retrouver, que le Vieux l'avait si longtemps gardée dans le Petit, que je l'ai confiée maintenant au Jeune dans le Grand. Il comprendra à coup sûr.*

Il se rejeta en arrière :

— « Le Vieux l'avait gardée dans le Petit, elle est maintenant confiée au Jeune dans le Grand... » Le Vieux quoi ? Ce pourrait être le vieux dragon. Mais cela ne veut rien dire ! Et le Petit, le petit quoi ? Qu'y a-t-il de petit et de grand, de vieux et de jeune qui s'opposent dans cette histoire ? À moins que...

Il se leva brusquement :

— Watson, à quelle heure sont les visites du château ?

— Heu, on nous a parlé du début d'après-midi, mais cela dépend des jours.

— Début d'après-midi. Allons-y ! Il n'y a pas de temps à perdre.

— Mais Holmes, nous n'avons pas fini de déjeuner.

— Qu'importe, nous dînerons deux fois ! Venez Watson, nous touchons au but.

Devant l'hôtelier étonné, auprès duquel je tentai de nous excuser, nous prîmes manteaux, cannes et chapeaux. Nous sortîmes précipitamment de l'hôtel et nous engouffrâmes dans le sentier qui montait au Haut-Kœnigsbourg.

Chapitre XII

Le gosier du diable

J'avais du mal à suivre Holmes, qui marchait à grandes enjambées. Je percevais, à son excitation, qu'il avait la clef de l'énigme. Un fin sourire se dessinait sur son visage et ses yeux brillaient. Il marmonnait quelques mots : « Grand, Petit, Jeune, Vieux... Quelle imagination, quand même ! » À deux reprises, il s'arrêta un instant, l'air exaspéré, pour m'attendre sur le sentier : j'avoue que les péripéties de la nuit et de la matinée m'avaient quelque peu fatigué.

Un peu avant d'arriver au château, il tendit sa canne vers la gauche :

— Première étape : l'Oedenbourg ! Watson, un château peut parfois en cacher un autre.

— L'Oedenbourg ?

— Oui, la ruine voisine dont Ebhardt nous a parlé. Le château déserté. Ce modeste château à deux cents mètres sur la même crête que le Haut-Kœnigsbourg, sans doute érigé au XIIIe siècle pour un comte de Souabe. Vous vous souvenez, on l'appelle aussi le petit Haut-Kœnigsbourg...

— Le petit ? Mais alors...

— Vous avez compris !

Je n'avais pas tout compris, sinon que Holmes voyait là le « Petit » du message de Xenia. Derrière Holmes, qui courait plus qu'il marchait, j'arrivai à l'Oedenbourg.

Le château était assez décevant : quelques murs encore debout, des arcs en plein cintre, un fouillis de végétation. Des débris, des pierres et de la terre étaient entassés en plusieurs endroits : on avait aussi fouillé là, au début des années 1900.

Holmes était comme fou. Il brandissait sa canne en escaladant les pierres et les tas de terre.

— Où était le Vieux ? Où était le Vieux ?

— Le vieux quoi, Holmes ?

Il s'arrêta en sommet d'une butte et me regarda de haut :

— Watson, rappelez-vous ce qu'Ebhardt nous a dit à la réception de l'Empereur. C'est ici que les assaillants de 1462, une coalition d'évêques et de seigneurs, ont pris garnison pour attaquer le Haut-Kœnigsbourg, à l'époque occupé par des seigneurs brigands. Les Bâlois avaient apporté un énorme canon.

— Ah oui, le Dragon !...Tiens, encore un dragon, Holmes !

— Et celui-là est le Vieux dragon, j'en suis certain ! Les fouilles qu'Ebhardt a dirigées de loin – et Xenia de près – ont concerné *aussi* l'Oedenbourg, le petit Haut-Kœnigsbourg. Il nous l'a dit. Mais il ne savait pas qu'elles avaient mis au jour le Dragon, le Vieux Dragon ! Le fût de la pièce d'artillerie était là, quelque part.

Il recommença à arpenter le château. Je le suivais en ahanant. Tout à coup, il s'arrêta sous un mur épais, en-dessous d'une double fenêtre en arc brisé.

« Là, ce devait être là ! Regardez, on voit encore la tranchée ! »

On devinait en effet une sorte de trou, en partie comblé, allongée comme une tombe, me disais-je. Holmes, debout, prit un ton emphatique :

— Watson, c'est là qu'un jour d'octobre 1902, trois ouvriers, *Charele* et ses deux collègues, ont découvert *der Trach*, le Dragon, le gros canon des troupes épiscopales de Bâle. J'en mettrai ma main à couper. Et dans le fût du canon, il y avait...

— Des boulets ?

— Mais non ! La lance, la Sainte-Lance ! *Le Vieux l'avait si longtemps gardée dans le Petit.* Le Vieux Dragon et le Petit château ! Quelle belle cachette ! Imaginée sans doute par les évêques réunis après le siège. Superbe trouvaille : si quelqu'un avait vent de la présence de la lance au Haut-Kœnigsbourg, il cherchait dans le grand château, pas dans le petit. Cela explique pourquoi on n'a jamais reconstruit, depuis, cet Oedenbourg. Des ruines sans intérêt. Donc sans curieux !

J'étais stupéfait. Je contemplai le trou, imaginant la surprise des ouvriers quand, sous leur pelle, avait sonné le bronze du Dragon, leur étonnement en dégageant de la terre cette belle pièce d'artillerie ancienne, et surtout leur stupéfaction en trouvant, dans le fût, sans doute dans un coffret ou un écrin protégé, une pointe d'arme blanche, visiblement plus ancienne encore.

— Mais, Holmes, qu'est devenu le Dragon ?

— Bonne question ! Vous avez vu que Bodo Ebhardt ignore qu'il a été retrouvé. Xenia le lui a caché. Je suis à peu près sûr qu'il est parti à Berlin, dans les réserves d'un musée. Elle a fait ce qu'il fallait pour cela. Mais la lance, elle, est restée en Alsace.

— Et elle est où, finalement ?

— Confiée au Jeune, dans le Grand ! Venez, allons-y !

Et Holmes virevolta, m'entraînant vers le Haut-Kœnigsbourg.

Devant la porte principale s'agglutinaient les visiteurs, assez nombreux par cette après-midi ensoleillée, après la pluie de la matinée. Des ouvriers venaient les chercher et les acheminaient par petits groupes dans les logis. Nous nous joignîmes à l'un de ces groupes, après avoir acquitté le prix d'entrée qu'Ebhardt avait fixé depuis quelques années.

Je m'en amusai : après une longue visite gratuite, dirigée par l'architecte en personne, nous allions faire une courte visite payante. Mais l'excitation de Holmes m'avait à mon tour gagné. Nous étions dans le Grand, restait à trouver le Jeune.

Notre guide était un robuste Alsacien qui multipliait les anecdotes de salle en salle. Il s'occupait, au château, des ferrures et des serrures, si j'ai bien compris. Il était bon orateur, alternait l'allemand et l'alsacien. Heureusement, une Alsacienne était accompagnée d'une amie francophone, à laquelle elle résumait les propos du guide. Nous pouvions donc suivre à peu près la visite. Je surveillai Holmes, cherchant, à chacun de ses regards sur une pierre ou un meuble, s'il tenait la piste de la lance.

Après la visite de la cour intérieure, le groupe monta l'escalier octogonal. Le circuit passait d'abord au premier étage. Quand nous entrâmes dans la salle d'armes – que le guide appelait la salle des arcs, alors qu'il y en a bien peu – je jetai un œil sur la vaste armoire qui nous avait sauvés la nuit précédente. Holmes était déjà face au râtelier d'armes, là où les hommes de Mustelkato avaient pris la lance. La place était bien vide. Mais il me sembla que le guide n'en disait rien.

Au deuxième étage, le circuit passait par les deux chambres dites « des Amis » pour arriver à la salle du *Kaiser.* Comme nous y entrions, Holmes s'approcha de moi et me souffla discrètement :

« Nous allons nous laisser semer ici. Traînons, traînons... »

Notre guide, qui avait longuement commenté les beautés de la salle, était maintenant engagé dans un vif échange avec un érudit allemand. Si j'avais bien compris, ils n'étaient pas d'accord sur une date. Il fut donc facile pour nous de les laisser passer dans la chambre Lorraine, puis dans la chapelle, pendant que nous attendions dans l'embrasure d'une fenêtre, faisant semblant d'admirer les statuettes des lambris.

Holmes mit son doigt sur ses lèvres. Nous entendîmes notre groupe s'éloigner.

« Venez Watson! Nous les rejoindrons dans deux minutes ! »

Il m'entraîna dans la chambre Lorraine, dont j'ai déjà parlé au lecteur. Une pièce plutôt modeste, avec une vaste cheminée, une table entourée de six chaises de bois, un coffre, une armoire. Au plafond, superbement décoré, était accroché le fameux Graouly de saint Clément.

Holmes était fébrile. Il pointa sa canne sur l'animal ailé.

— Vous le voyez ? Vous le voyez ?

— Quoi, le dragon ? Oh, le dragon ! C'est lui, le Jeune !

— Bravo, Watson.

Holmes enjamba la corde qui interdisait au visiteur de toucher les meubles. Il me fit signe de l'aider à pousser la table, ma foi fort lourde, exactement sous le dragon. En même temps, il chuchota :

« Vous vous souvenez qu'aucun ouvrier ne veut toucher ce dragon, symbole du paganisme. Un tabou ! Cela vaut tous les coffres-forts, n'est-ce pas ? C'est une idée de Xenia, ça. Une cachette pratique pour le mécréant, inviolable pour le superstitieux. »

La table était maintenant en place. Holmes grimpa sur une chaise, puis sur la table, sans faire attention aux traces de terre de ses souliers sur la surface cirée. Il toucha le dragon des deux mains comme pour l'ausculter.

« Voyons, il doit y avoir un mécanisme. Ah ! »

Il avait effleuré quelque chose. J'entendis un petit bruit métallique. D'une main, il saisit l'animal par les pattes, de l'autre par la gueule, et tenta quelques mouvements.

« Ça marche, parfait ! »

La tête de l'animal, d'ordinaire verticale, pivotait vers le haut. Holmes l'amena délicatement à l'horizontale. Puis, sans hésiter, il plongea son bras gauche dans la gueule du dragon. Un grand sourire illumina son visage. De son promontoire, il me regarda droit dans les yeux pendant qu'il retirait du gosier de l'animal... ce qui me sembla être une boîte en bois d'une quarantaine de centimètres.

« Voilà. Merci, jeune dragon, de nous offrir ce cadeau. »

Holmes rabaissa la tête du Graouly et descendit de la table. Il y posa la boîte. Je m'approchai. Il l'ouvrit doucement. Sur un velours bleu y était posé ce qui me sembla d'abord être un bout de ferraille. Il le prit délicatement : c'était une pointe noire émoussée, en forme de losange allongé, avec un pied cylindrique. Elle était martelée, comme déchirée par endroits. Il me la mit en main : elle était plutôt légère.

— C'est la Sainte-Lance, Holmes ?

— Enfin, c'est une pointe de lance ancienne, Watson. Nous avons de bonnes raisons de penser que c'est celle-là même que fit rapporter Frédéric Barberousse de Cilicie au XIIe siècle. Mais je ne vous garantis pas qu'elle était au Golgotha au Ier siècle...

— Oui, bien sûr. Mais c'est quand même troublant...

— Vous avez raison. Mais ne nous troublons pas trop longtemps. Notre absence va être remarquée. Ce serait trop bête qu'on nous fouille, soupçonnant que nous ayons volé quelque bibelot !

Nous repoussâmes vite la table et les chaises à leur place. Holmes glissa la boîte sous son long manteau. Le groupe était quelques salles plus loin. Le guide montrait une petite porte. L'Alsacienne expliquait justement à son amie qu'il s'agissait là du cabinet de travail de Guillaume II, qui ne se visitait pas. Holmes, qui avait une attitude encore plus raide qu'à l'ordinaire pour ne pas entrouvrir son manteau, cligna de l'œil.

« Je ne sais pas si l'Empereur a jamais travaillé dans cette pièce, chuchota-t-il, mais je sais que quelqu'un d'autre y a échafaudé des plans pour tenter de déjouer monseigneur Mustelkato et Sherlock Holmes... »

Je hochai la tête. Je revoyais l'ombre de Xenia, aperçue à la fenêtre la nuit précédente. Nous l'avions battue, et à la loyale, je crois. Mais j'en étais presque embêté pour elle. Et je n'arrivai pas à effacer de mon esprit, derrière l'agent secret implacable et efficace qu'elle était d'apparence, l'image gracieuse d'une femme dénudée éparpillant quelques cendres par une fenêtre ouverte sur la forêt vosgienne...

À la sortie, je donnai la pièce à notre guide. Il ne se douta aucunement que nous emportions l'un des plus beaux vestiges historiques du Haut-Kœnigsbourg. Dans la cour basse, Holmes me fit signe de presser le pas.

« Il ne faudrait pas qu'Ebhardt ou Xenia nous voient. Ebhardt, ce serait gênant; Xenia, ce serait catastrophique... »

Nous ne vîmes ni l'un, ni l'autre.

Arrivé à quelques centaines de mètres du château, Holmes me désigna de longs troncs de pins couchés le long du sentier par des bûcherons. Il me fit signe de m'asseoir sur l'un d'eux, et s'installa à mes côtés. Il sortit la boîte de son manteau et entreprit délicatement de la rouvrir. Nous examinâmes la pointe de lance. Nos regards se croisèrent.

— Holmes, vous avez réussi !

— *Nous* avons réussi, Watson. Je vous rappelle que c'est vous qui avez trouvé le brouillon de la lettre chez Xenia.

— C'est vrai, mais...

— Tut, tut, tut. Watson, ce fut un beau travail d'équipe !

Holmes prit sa loupe pour scruter la pièce de métal :

— La Sainte-Lance. Rapportée au château par les hommes de Barberousse au XIIe siècle, ensevelie au XVe par les évêques dans l'Oedenbourg avec le Dragon des Bâlois, protégée à distance par les formidables fortifications des Tierstein, elle échappe à l'incendie de 1633 – et pour cause, elle dormait sous terre dans l'Oedenbourg déjà en ruine.

« L'Alsace, française depuis Louis XIV, redevient allemande après la guerre de 1870. Xenia découvre que la relique est au château. Mais où ? Guillaume II se fait alors offrir le Haut-Kœnigsbourg et imagine cette formidable reconstruction, uniquement pour permettre des fouilles complètes...

« Trois ouvriers trouvent la lance en 1902. Ils en mourront. Xenia la dissimule, la confiant au Graouly. Guillaume commande à Schnug la fresque d'un tournoi, organisée *autour d'une lance*. Il jubile. Dans le conflit européen que nous craignons, il a là une arme secrète, plus terrible que des gaz, des bombes ou de l'artillerie, une arme psychologique, théologique, symbolique.

— Une arme dont il est aujourd'hui dépossédé.

— En effet. Et Xenia va s'en rendre compte très vite, dès qu'elle aura appris notre départ. Car nous partons dès ce soir, Watson. Pas question de prendre le risque de nous faire de nouveau cambrioler.

— Vous avez raison. Il faut être demain à Paris et après-demain à Londres.

Holmes regarda encore une fois le fer de lance, puis le rangea dans sa boîte.

— Quelle bataille ! Xenia devait se défendre sur deux fronts : monseigneur Mustelkato et ses servants de messe, Sherlock Holmes et le docteur Watson. Elle roule le premier, l'aiguillant sur une lance médiévale. Et elle tente de nous abuser en nous envoyant dans la chapelle. Mais vous savez, Watson, elle vous avait repéré dans sa chambre, j'en suis sûr, même si elle n'en a rien laissé paraître... Elle est trop maligne pour ne pas avoir vu les traces de votre passage.

— Vous croyez ? Je n'en suis pas sûr. Sinon, elle se serait douté que j'avais lu son brouillon ! Elle ne l'aurait pas seulement détruit, elle aurait très vite changé la lance de cachette.

— Mais non, Watson : elle était convaincue que, même si vous aviez lu le texte, nous ne comprendrions rien à son énigme. À ses yeux, seul Bodo Ebhardt pouvait la démêler. Vieux, Jeune,

Grand, Petit, étaient sans doute des mots souvent employés entre eux au château. Elle croyait nous manœuvrer, et vous attendrir d'ailleurs, me semble-t-il. Elle nous a sous-estimés, cher ami.

Je ne répondis rien.

Arrivés à l'hôtel, nous fîmes part à l'hôtelier de notre très proche départ. Il le regrettait, nous dit-il, mais fut charmant. Il nous trouva une voiture pour aller à Strasbourg et nous proposa deux paniers-repas. Nous réglâmes notre note et bouclâmes nos bagages. Holmes ne se sépara pas de la boîte blanche un seul instant.

À dix-huit heures, nous quittions le Schaentzel. Notre cocher était celui-là même qui m'avait accompagné à l'hôtel du Haut-Kœnigsbourg le matin. Il chargea nos malles et les bouteilles de vin d'Alsace. Pendant ce temps, le garçon de l'hôtelier, l'admirateur de Sherlock Holmes, nous regardait nous préparer avec un petit air triste.

Holmes s'en rendit compte ; il prit quelque chose dans son sac de voyage et s'approcha de lui. Il lui tendit l'objet :

— Tiens, tu auras un souvenir personnel de Sherlock Holmes !

Je vis ce qu'il lui tendait : c'était le *Deerstalker*, la casquette de tweed à rabats que nous avions achetée au chapelier de Sélestat. L'enfant arbora un grand sourire :

— Oh, merci, monsieur Holmes ! Merci beaucoup. Mais elle est trop grande pour moi !

— Ne t'inquiète pas. Ton crâne grandira, avec toutes les idées qu'il y a déjà dedans !

Le gamin se coiffa de la casquette, avec un air si content que j'en étais ému. Holmes s'inclina vers lui avec une fausse solennité :

— Au revoir, mon garçon. Tu deviendras, j'en suis sûr, un grand détective. Tu verras, c'est un métier passionnant.

Il me rejoignit dans la voiture. Le cocher poussa son cheval. Je vis s'éloigner, avec un curieux sentiment de victoire et de nostalgie, la haute silhouette du château.

Quelques instants plus tard, le cocher se retourna vers moi :

« Encore elle, docteur ! La hautaine. Regardez ! »

Je levai la tête. Nous croisions une bicyclette et je reconnus, pédalant en danseuse, la silhouette de Xenia. J'étais terrifié. Si elle se doutait… Mais elle nous fit – à moi plus qu'à Holmes, me sembla-t-il – un petit geste de la main et un joli sourire, avant de poursuivre son ascension.

Holmes suivit des yeux la bicyclette qui s'éloignait :

« Quelle ennemie ! Si sûre d'elle… Une femme jolie et intelligente. C'est parfois le bonheur, souvent le danger, Watson. Enfin, je dis cela, mais au fond, vous le savez bien, je ne suis pas spécialiste de la question… »

Et il se recala sur la banquette de la voiture. Je vis une dernière fois la jeune historienne, pédalant avec force tout au bout de la route, sous la haute silhouette du Haut-Kœnigsbourg. L'air, comme lavé par la pluie de la matinée, était pur, le vent faisait frissonner les sapins géants, et la plaine d'Alsace, sous le soleil qui baissait, apparaissait verte et dorée. Dans quelques heures, nous dormirions à Strasbourg. Puis, dans deux jours, nous serions à Londres, et la Sainte-Lance au *Foreign Office*.

Épilogue

Relisant ce récit d'une des aventures les plus prenantes que j'aie jamais partagées avec Sherlock Holmes, je sens que je me suis livré un peu plus qu'à l'ordinaire. Le lecteur me pardonnera-t-il ? L'homme vieillissant que je suis a compris qu'on ne se grandit pas en rougissant de ses maladresses ou de ses faiblesses. Elles tissent toute notre vie, se croisant avec nos actes de courage ou de bonté. Et au soir de notre chemin sur cette planète, nous sommes faits de ces pleins et de ces déliés, riches de la collection d'images que nous avons su regrouper. Certaines sont simplement belles, et celles-là ne meurent pas.

Nous sommes rentrés sans encombre à Londres, via Strasbourg et Paris. Nous avions bien fait de ne pas traîner : l'hôtel du Schaentzel avait été investi par les gendarmes allemands dans la nuit. Sans doute Xenia, après notre rencontre sur le chemin, avait-elle compris le sens de notre départ. Au château, elle avait découvert que le jeune dragon était vide... Sous un prétexte quelconque, elle avait espéré alors nous faire arrêter. Mais elle avait fait "chou blanc", comme disent les Français. Elle n'a pas osé – ou pas pu – nous faire stopper à Strasbourg ou à la frontière.

De l'*Englischer Hof*, Holmes avait envoyé une longue lettre à la veuve du *Charele*, madame Friedrich, à Orschwiller. Je ne sais exactement ce qu'il lui a écrit. Il ne me l'a pas montrée. Mais je suis convaincu qu'il a su trouver les mots qu'il fallait pour apaiser le deuil de la brave dame et lui expliquer le rôle exemplaire qu'avait joué son mari dans cette ténébreuse affaire. Je crois savoir qu'il lui a fait aussi envoyer, par Hans Nonnenmacher, une petite somme d'argent.

À Londres, nous avons rendu compte à Mycroft Holmes, déjà mis au courant par un câble crypté envoyé dès le passage de la frontière française. Il nous félicita chaudement de la part des plus hautes autorités du pays. Il me fit aussi part d'une impérative règle de secret imposée sur cette affaire, et qui n'a été levée que récemment.

Quelques jours plus tard, Holmes était reçu par un ministre ; il ne m'a pas dit lequel. Il semble que l'ambassadeur de France fut aussi présent à cette rencontre.

Si le vol de la Sainte-Lance provoqua une épouvantable colère de Guillaume II, nous n'en sûmes rien directement. Évidemment, la presse européenne ne fut jamais mise au courant, et même les dépêches diplomatiques n'en soufflèrent mot. L'Empereur revînt au château à plusieurs reprises, mais sans le faste d'autrefois. D'ailleurs, les sombres présages de guerre, qui devenaient plus nets chaque jour, occupèrent de plus en plus son esprit. On sait qu'aujourd'hui, il est en exil au Pays-Bas. Peut-être regrette-t-il amèrement de n'être jamais devenu, aux yeux des peuples du continent, le nouveau Barberousse…

Hans Nonnenmacher, le chapelier de Sélestat, est mort au combat pendant la Grande Guerre. Il avait quitté l'Alsace peu avant le début des hostilités et s'était engagé dans l'aviation française. Il périt dans un accident d'aéronef.

Je n'ai eu aucune nouvelle du professeur Charles Muller, ni du chanoine Obermeyer. Vu leur âge l'année de ces événements, je ne puis espérer qu'ils soient encore aujourd'hui de ce monde.

Bodo Ebhardt vit et travaille toujours en Allemagne ; je sais qu'il est allé rendre visite à Guillaume II en exil.

Monseigneur Sévère Mustelkato se rendit-il compte de son erreur ? Je le crois. S'il n'avait pas bien réfléchi alors, d'autres au Vatican ont dû le faire pour lui. Mais là aussi, le secret a tout recouvert. Les pèlerins prient toujours saint Longin face au pilier de Saint-Pierre de Rome. Monseigneur Mustelkato, parti en Amérique du Sud pendant la guerre, a poursuivi une brillante carrière de nonce. De retour en Europe, il a notamment négocié plusieurs concordats, sous les papes Benoît XV et Pie XI, avec les nouveaux États nés de la dislocation de l'Autriche-Hongrie. Il est mort d'un infarctus l'an dernier en disant la messe dans une chapelle du palais pontifical.

Xenia quitta le Haut-Kœnigsbourg fin 1909 pour terminer son ouvrage à Berlin. J'ai déniché ce livre après la guerre dans une librairie germanophone de Londres : une édition en cinq tomes ! Mais mon allemand ne me permet guère de l'apprécier. Je présume qu'elle a poursuivi sa double vie d'universitaire et d'agent secret. Je l'ai reconnue une fois, en photo, dans un exemplaire de la revue française *L'Illustration*. Elle avait toujours ses boucles. Elle était auprès de l'Empereur, qui prenait congé de proches collaborateurs avant de partir au château de Huis Doorn, aux Pays-Bas. L'a-t-elle suivi dans l'exil ? Est-elle restée à Berlin ou dans une autre ville allemande ? A-t-elle visité Rome, Paris ou Londres, comme elle en rêvait ? Peut-être est-elle aujourd'hui tout simplement mariée à quelque hobereau prussien, et adorée de trois enfants blonds et rieurs...

Le château du Haut-Kœnigsbourg lui-même est redevenu français en 1918, après la victoire. Il a été classé l'année suivante "Palais National" par le traité de Versailles. On le visite toujours, ironisant parfois sur le "goût allemand" dans lequel il fut restauré par l'ennemi. C'est évidemment injuste. Le temps rééquilibrera les choses. Les guides, bien sûr, n'y parlent jamais des événements de 1909, dont ils ignoraient tout, jusqu'à aujourd'hui.

Quant à la lance, je peux aujourd'hui le dire : elle est restée à Londres, dans les coffres du *Foreign Office*, pendant quelques mois. Un spécialiste du British Museum l'a étudiée longuement, avec l'aide de la chimie d'aujourd'hui. Son rapport est resté bien sûr secret. Mais Mycroft Holmes m'en a aimablement fait parvenir une copie : il conclut que l'arme est bien un javelot romain, et qu'il a une vingtaine de siècles. Mais il n'a pu évidemment y trouver des traces de sang. Le mystère reste entier.

La lance n'est plus en Angleterre. Un matin de 1911, j'ai reçu à mon cabinet un message de Sherlock Holmes. La courte lettre venait de Jérusalem. Je l'ai conservée avec fidélité. J'en livre aujourd'hui, avec une émotion encore intacte, le texte.

Cher Watson,

Je vous écris de l'hôtel King David, à Jérusalem, où la bonté du Foreign Office me permet de loger quelques jours. Je vois devant moi la Vieille Ville trois fois millénaire qui émeut tant de croyants dans le monde, ses murailles, et le Dôme qui culmine au-dessus de l'ancien Temple. Je suis venu avec la lance que nous avons empruntée à Guillaume II il y a deux ans en Alsace. C'est en effet là sa place, et j'en ai convaincu les plus hautes autorités de notre pays. Je viens de la remettre discrètement à la petite paroisse anglicane qui se trouve dans la ville. À charge pour elle de la sceller dans la pierre quelque part non loin du Saint-Sépulcre, là où la tradition place la mort et la résurrection de Jésus.

Détail qui vous amusera : Guillaume II était venu lui-même à Jérusalem en 1898. Il y est entré à cheval – on a même élargi une porte des remparts pour son cortège – et il y a inauguré une solide église luthérienne. Peut-être est-ce là qu'il a pris le goût des reliques ?

Je ne sais si l'arme que nous avons retrouvée a touché réellement un jour le corps de Jésus supplicié. Mais je crois que la cité où il est mort est pour elle la meilleure cachette, loin des légendes que tissent les hommes et de leur appétit de pouvoir. Le révérend qui dirige ici la paroisse est le seul à savoir où est exactement la lance – avec l'archevêque de Canterbury, qui a bien facilité les choses. Ils transmettront le secret à leurs successeurs, le moment venu...

Saluez bien Madame Watson de ma part. Jérusalem est une ville fascinante. On la dit éternelle. Nous, nous ne le sommes pas. Mais jusqu'au grand saut, je resterai fidèlement vôtre,

Sherlock Holmes.

Je viens de remettre cette lettre dans le dossier étiqueté “Le mystère du Haut-Kœnigsbourg”. Je vais le ranger dans ma vieille malle de cuir. Ma main tremble un peu : c'est l'âge. Il se fait tard à Londres. Il n'y a plus un bruit dans la rue. Dans ma maison, tout le monde dort. Par la fenêtre, je devine à peine les réverbères jaunes dans l'épais brouillard. Demain, j'apporterai ce manuscrit à mon fidèle agent. Peut-être voudra-t-il y apporter quelques retouches. Je ne m'en offusquerai pas : elles sont toujours judicieuses.

Ce soir, je me laisse aller à la nostalgie. Je pense à un bout de métal qui dort dans la pierre à Jérusalem, et pour lequel tant d'hommes et de femmes se sont battus, ont frappé, tué, menti, alors qu'il était le symbole même de l'innocence torturée. Je pense à un émouvant tableau de nu que Bouguereau n'a jamais peint, mais qui restera accroché dans ma mémoire. Je pense aussi à mon ami Sherlock Holmes, et à cette saveur extraordinaire qu'il a mise pendant tant d'années dans ma vie.

Londres, juillet 1930

Remerciements

Mes remerciements vont :

à Sir Arthur Conan Doyle, né il y a cent cinquante ans à Edimbourg (Écosse),

à Bodo Ebhardt, qui reconstruisit le Haut-Kœnigsbourg il y a cent ans,

à François Hoff, président à Strasbourg des « Évadés de Dartmoor », qui m'a donné le virus de l'holmésologie,

à Thierry Saint-Joanis, président de la société Sherlock-Holmes de France (SSHF), qui m'a encouragé à écrire cet "apocryphe",

à Loïc Guyader, guide au Haut-Kœnigsbourg, qui a bien voulu relire ces pages,

ainsi qu'aux DNA, dont le judicieux accord sur le « compte épargne-temps » permet de libérer les journalistes pour des projets personnels.

J.F.

Bibliographie

Sur le château du Haut-Kœnigsbourg :

Monique Fuchs et Bernhard Metz, *Le château du Haut-Kœnigsbourg*, éditions du Patrimoine, Paris, 2001

Haut-Kœnigsbourg, brochure non-signée, éditions Weygand (vers 1950 ?)

Jean-Marie Le Minor, *Le Haut-Kœnigsbourg*, collection « Mémoire en images », éditions Alan-Sutton, Saint-Cyr-sur-Loire, 2004

Maryvonne Waechter et Yves Noto-Campanella, *Haut-Kœnigsbourg*, éditions Pierron, Sarreguemines, 2005

Jean-Robert Zimmermann, *Haut-Kœnigsbourg, la sentinelle de l'Alsace*, éditions Place-Stanislas, Nancy, 2008

Bernard Hamann, *Haut-Kœnigsbourg, l'aventure d'une impériale reconstruction*, L'Alsace Magazine éditions, Mulhouse, 1990 et 2008

Le siècle du Haut-Kœnigsbourg, numéro spécial de la revue *Les Saisons d'Alsace*, n°36, Strasbourg, 2008

Haut-Kœnigsbourg, numéro spécial de la revue *Connaissance des Arts*, Paris, 1996

Jacques Fortier, « Vie de château / le “second” centenaire du Haut-Kœnigsbourg », dans les *Dernières Nouvelles d'Alsace*, Strasbourg, 16 juillet-27 août 2008

Sur Sherlock Holmes :

Sir Arthur Conan Doyle, *Les aventures de Sherlock Holmes,* édition bilingue, traduction d'Éric Wittersheim, éditions Omnibus, trois tomes, Paris, 2007

Bernard Oudin, *Enquête sur Sherlock Holmes,* collection Découvertes, éditions Gallimard, Paris, 1997 et 2009

Lucien-Jean Bord, *Dictionnaire Sherlock Holmes,* collection Néo, éditions Le Cherche-Midi, Paris, 2008

Jean-Pierre Crauser, *Quel jour sommes-nous, Watson ?,* éditions Mycroft's brother, Montaigut-le-Blanc (Puy-de-Dôme), 2005

Le Registre d'écrou, revue de la société strasbourgeoise d'études holmésiennes, les « Évadés de Dartmoor », 19 rue du Maréchal-Joffre, 67000 Strasbourg

ainsi que le site Internet et les publications de la société Sherlock-Holmes de France (www.sshf.com).

Ouvrage réalisé sur des papiers issus de forêts gérées durablement.

Huitième tirage – treizième mille

—

Achevé d'imprimer en août 2013 par Présence Graphique à Monts
Dépôt légal 3e trimestre 2013
ISBN 978-2-84574-084-6

—

Composé en *Arno Pro* par Le Verger Éditeur
Couverture de Vlou - www.vlou.net

Le Verger Éditeur - 67140 Barr - France

—